這本書謹獻給我親愛的家人、師長，
和幫助我完成這本書的所有人。

詩想——

看見邊緣世界
的戰爭、
種族與風土

希米露——著

沙礫隙縫間的花朵

　　閱讀希米露這本書是很愉快的精神饗宴，論及此書的緣起，可以說是「有心插柳，柳成蔭。」大約在2010年左右，我受《臺灣現代詩》季刊主編蔡秀菊女士之囑，規劃西洋英美文藝思潮與詩家評介之專欄。我乃商請希米露撰寫〈新英文文學：詩篇導論〉於詩刊出版。在此專論中，希米露高屋建瓴地詳論新英文文學的範疇、歷史背景、題材、後殖民主義性等特徵，嗣後陸續發表了一系列迻譯、詮釋新英文文學詩篇，廣獲詩刊讀者之好評。

　　本書提及的三位詩人──奈及利亞的索因卡（Wole Soyinka, 1934- ）、庫德族的哈帝（Choman Hardi, 1974- ）、印度的奈都（Sarojini Naidu, 1879-1949）即是希米露賡續探勘繁富的詩人國度之力作，援引當今最流行的文化翻譯策略，將這三位詩人的詩篇置放於各該詩人的社會、文化脈絡中，剖析文本產生的時代、歷史背景、詩篇的意涵，以及詩篇所牽引、觸動的深層感情結構。而索因卡念茲在茲的弱勢的他者（the Other）；哈帝關懷的族群、族裔寒蹐困頓的命運；奈都繁複多元的民族誌書寫皆躍然紙上，召喚讀者的閱讀與賞析。

　　詩篇作為廣義的文學、藝術，其價值與功能自古以來向無定論，端視所據之立論而定。就藝術的本質而言，文藝所處理的題材與手法確實跟實用科學或專技訓練不同，其研究範疇是

心靈的活動以及對於外在世界的觀照與省思。

　　莊子有關樗樹「無用之用」之隱喻，可做為文學、藝術在現今世道對於人們的絕佳啟發。[註一]當代自由主義學者最喜歡引用十九世紀英國哲學家約翰‧彌爾（John Stuart Mill, 1806-1873）的理論，他曾經陷入精神極端沮喪、絕望的境地，後來重溫年少時讀過的文學經典，終於憬然而悟，回到人生的正軌。[註二]今世，人文、社會之價值屢遭鄙薄，但是或許在人生的轉角處，文學藝術可能發揮其功能，改變人的一生。無用之用，是為大用，其此之謂歟。

　　我們行走在人生的旅途上，萬里荒漠無垠。詩宛如沙礫隙罅間，一莖昂然豎立的花株，綻開燦爛嫣紅的花朵，令人忻喜雀躍，靈魂悸動。

中央研究院歐美研究所副研究員

紀元文

2015.11.24　識於碧潭廣寒宮

註一、惠子謂莊子曰：「吾有大樹，人謂之樗。其大本擁腫而不中繩墨，其小枝卷曲而不中規矩。立之塗，匠者不顧。……」莊子曰：「……今子有大樹，患其無用，何不樹之於無何有之鄉，廣莫之野，彷徨乎無為其側，逍遙乎寢臥其下。不夭斤斧，物無害者，無所可用，安所困苦哉！」《莊子‧內篇‧逍遙遊第一》。

註二、Jean-FranÇois Marmontel (1723-1799)，《回憶錄》（Mémoires）。

異國與詩人

　　如果可以任意挑導遊，我要李白陪我遊唐初的長安，歌德陪我遊狂飆年代的德國，雪萊陪我遊浪漫時期的英國——詩人們都有敏銳的眼睛和心靈，可以看透事物的表層；他們有精鍊的語言，可以訴說難以言傳的體驗。

　　不過，在這僻遠的海島上，在豐富的被殖民史與中西文化的激盪裡，我也不時地陷入多重身分的困惑與糾葛——我們到底是臺灣，還是中國？是神祕內省的東方，還是在好萊塢電影裡「娛樂至死」的群眾？於是，我難免好奇：在那些被強勢文明殖民過的異鄉裡，詩人是如何看待自己的身世、種族和文化——印度詩人如何看待自己悠遠、豐富的遺產？英屬非洲的詩人如何看待殖民、被殖民和種族歧視？而被四周強鄰驅趕、壓迫的庫德族，又如何看待自己「沒有朋友，只有山」的宿命？

　　然後，我巧遇在大學教過英文的希米露，和她的新書《詩想：看見邊緣世界的戰爭、種族與風土》。在這本書裡，希米露的重點不是英詩本身或英文這個語言，而是用三位詩人的詩，引導我們領略印度、中東庫德族、英屬非洲黑人的情感世界，以及他們所屬的國度、族群的命運和文化。

　　譬如〈電話交談〉（"Telephone Conversation"）這一篇詩，作者索因卡（Wole Soyinka）是出生於英屬非洲的詩人，他在詩裡描寫黑人知識分子被白人歧視的心情，詩很美，充滿色彩、

聲音、隱喻和聯想，但詩裡所流露的情感卻複雜而值得玩味。作品讓我們深刻地感受到詩人的屈辱、憤怒和無奈，讓我們看到他精湛的英文掌握能力和機智而靈巧的心，以及用膚色來衡量一個人內在深度的荒唐和可悲。

庫德族女詩人哈帝（Choman Hardi）的情詩〈夏日屋頂〉（"Summer Roof"）曾入選英國南岸藝術中心「五十年來最美的五十首情詩」，希米露的企圖卻不只是欣賞少女的情懷，而是希望我們感受到庫德族詩人、知識分子的痛苦，以及他們被迫流落異鄉的悲哀。

詩篇〈海德拉巴市集〉（"In the Bazaars of Hyderabad"）出自印度女詩人奈都（Sarojini Naidu）的妙筆，描寫市場上琳瑯滿目的衣飾、珠寶、食材、香料、日用品等。這些平凡不過的事物，背後卻隱約傳述著印度悠久長遠的文化。

孔子說過：「詩，可以興、觀、群、怨。」詩的生命原本是豐富、活潑而多元的，不該只是語言的趣味——希米露的書讓我們再度見證了這個事實。

清華大學動力機械工程系榮譽退休教授

彭明輝

詩，原來可以這麼讀

　　希米露雖是學院出身，卻擁有一顆纖細敏銳的詩心，撰寫詩評的筆尖像一隻慧黠的兔子，媲美愛麗絲夢遊仙境中那位兔子先生，準備帶領讀者進行一趟歷史縱深、地理橫幅、國際政經情勢發展、中心與邊陲、生命書寫的詩探險。她想告訴讀者：詩，原來可以這麼讀！

　　話說這本獨樹一幟的詩導讀，必須溯及中央研究院歐美比較研究所紀元文教授提供給《臺灣現代詩》的寶貴建議：開闢「新英文文學：詩篇」，介紹除了英文母國（英國與美國）之外所有以英語書寫的文學。所謂「新英文」，這是1990年代以後，由後殖民主義逐漸蛻變而成的概念，亦即為了與殖民時期的殖民母國劃清界限，宣示獨立的一種方式。《臺灣現代詩》以詩文學為對象，是以「新英文文學」也以詩篇做為論述核心。紀教授推薦希米露接下這份「艱鉅」任務，因為《臺灣現代詩》不是學術期刊，是以不能使用艱深的學術用語、文獻探討，同時要展現親切流暢的書寫功力，才能引領讀者進入隱藏在詩人背後，錯綜複雜的心理狀態。因此，希米露發表於《臺灣現代詩》的「新英文文學：詩篇」，可謂篇篇都是嘔心瀝血的結晶。

　　我做為該系列專文發表的第一讀者，有如婦產科醫師接生一個「詩的異想世界」的新生兒，心中充滿喜悅與興奮。能邀

請希米露撰寫「新英文文學：詩篇」，繼而見證她將詩文學從高不可攀的文學殿堂帶入常民生活，開創詩的另一類型深度閱讀，間接印證《臺灣現代詩》的前瞻性。

　　此書挑選的三位詩人：庫德族秋曼・哈帝、奈及利亞渥雷・索因卡、印度莎拉金妮・奈都，希米露透過詩人生平、國家文化歷史與政治背景的爬梳，一首一首慢慢解讀，為讀者開啟閱讀詩人內在世界的天窗，從而發現同樣被迫面對種族、文化差異糾結的矛盾困境，有些詩人透過詩的內在審視找到出路，有些詩人則仍然為矛盾所困，繼續辯論。希米露謙稱其書寫策略為實驗性質，其實她有更大的企圖心，希望同屬後殖民國家的臺灣人民，能從新英文文學作家中，思考如何讓臺灣突破困境，找到未來的新出路。

詩人、作家、《臺灣現代詩》主編

蔡秀菊

通往世界邊陲的任意門

「詩是扇任意門，為我們開啟另一個世界」，希米露說。

門能穿透高牆，只要擁有鑰匙，就能跨越限制，開啟可能。門經常位於不起眼的邊陲，甚至有人刻意隱藏門的存在。然而當門開啟時，卻能通向世界。詩，的確是扇任意門。它們字數精簡、含意隱晦，然而一旦掌握閱讀的鑰匙，就能進入美妙境界。

希米露選了三位詩人：庫德族女詩人哈帝、奈及利亞的索因卡、印度女詩人奈都，他們都處於政治、文化、歷史或性別邊陲，曾經或正在被殖民、被迫害。然而，他們的作品卻像一道門，開啟了非洲、中東與南亞文化，讓讀者看見英美主流外的美麗與哀愁。

索因卡曾於1986年獲諾貝爾文學獎，是非洲第一位獲獎文學家。他在2005年出版《恐懼的氣氛》，探討911攻擊後世界籠罩恐怖主義的現象。恐懼不再侷限於戰爭，彌漫於日常生活。2011年後賓拉登、格達費相繼辭世，然曾效忠蓋達組織的伊斯蘭國卻仍以恐怖主義威脅世界。就在這篇文章寫成前夕，2015年11月13日法國巴黎爆發槍擊案，接著，11月20日馬利共和國又發生飯店挾持、槍殺人質事件，再度令人想起索因卡。

哈帝是庫德族女詩人。透過哈帝的詩，希米露詳細介紹庫

德族這個位於美索不達米亞與兩河流域的古老民族，娓娓道出美好卻沉重的歷史。閱讀這本書後，讀者不只會更瞭解庫德族受迫害的歷史，應該也更能理解中東地區各民族的愛恨情仇，以及歐洲難民問題的根源。

奈都曾與甘地並肩對抗英國帝國主義，為爭取印度獨立無懼於被捕入獄。她是第一位擔任印度國民大會黨主席的印度女性，同時被稱為印度的南丁格爾。印度是亞洲文化古國，其思想、宗教、藝術影響世界深遠，然近年卻接連爆發性別歧視醜聞。事實上，種姓制度、歧視女性等問題，都長久存在於印度歷史。哈帝的作品描繪了印度文化的「光」與「影」，也讓人想起2014年甫獲諾貝爾和平獎的巴基斯坦女孩馬拉拉。

三個詩人，開啟了三扇任意門，通往世界邊陲，映照出世界少數族裔的血淚、恐怖主義的根源，以及人權、性別平等等議題。本書並未帶讀者走到世界之頂峰，而是來到了文化的邊陲，使我們對世界產生全新的體會。

健行科技大學應用外語學系副教授

陳徵蔚

慢讀詩，遊世界

《詩想：看見邊緣世界的戰爭、種族與風土》是個實驗，稱不上真正的詩集評論，也說不上是遊記；這本書想提供新的讀詩視野，使詩文不再遙不可及，也讓邊緣國度彷彿歷歷在目。

詩的任意門

談論詩或是討論文學的書籍大多給人嚴肅專業、高不可攀的距離。文學彷彿與真實人生有莫名的隔閡、無法跨越的鴻溝。然而，文學真的如此「不可褻玩」？而「詩」真的是其中最高不可攀的古董文物？只能被束之高閣甚至視而不見？這本書想脫去「詩」的神祕外衣，讓它不再是個深宮怨婦，既取悅不了大眾，也不得大家的歡心。

詩原本非常平易近人，所講述的故事與我們的生命、生活息息相關，呈現的是人一生中可能面對的難關。只是詩一向不善多語又喜歡欲言又止，才變得難以親近。所以這本書嘗試融合歷史文化與地理情境，試著闡釋藏在字裡行間的故事，帶大家親近詩。也可以這麼說，一首詩仿若一扇門，帶領讀者走入另一個平行世界，展開一場時空之外的認知冒險。

閱讀詩也是心理與觀念的冒險，因為可能在不經意時，慢慢揭開深藏在自我意識裡被遺忘又腐爛多時的陳舊觀念。

詩默默地審視我們的思想，一步步帶著我們走進觀念的盲點，再小心翼翼地以不傷害自尊的方式，呈現這些盲點的謬誤，最後輕輕地灌入清新溫暖的新思維，讓讀者在閱讀之後，身心彷彿由遠方旅行歸來，感覺煥然一新。

　　詩在這本書裡扮演著《愛麗絲夢遊仙境》（*Alice in Wonderland*）裡即將遲到的兔子先生，詭異舉止引起讀者好奇，想跟著跳入黑暗的地洞，進入被遺忘的邊緣世界。在這趟怪誕的旅程之後，我們會發現地底世界一點也不陌生，反而是真實世界的鏡像，反射我們的現狀，呈現悲慘荒謬的事實。

　　然而詩很寬容，不會直接道出任何人的問題，也不曾直接地斥責或羞辱，總是委婉地帶著讀者進入想像、深入內在，然後再進入省思。

　　詩也是個潛意識的醫生，在任意門外的世界與地洞的幻境中拔出銳利的手術刀，一刀一刀切下我們心理與認知的毒瘤，讓我們由夢境甦醒歸來之時，才驚覺受到文字的轉變與調整。

一本書，三首詩

　　大部分談論詩的書籍總會迫不及待地想把世界上最美好、有深度的詩文，一股腦兒地全部介紹給讀者。這種熱情相當容易理解，因為只要曾經受到詩文感動、啟發與震撼，一定都有想盡快與世人分享的衝動。於是，作者們總想在一本書中擠入最多的詩，塞進更多感動，讓讀者享受自己感受到的無窮魅力。

然而，熱情與大量的詩作容易使人消化不良。詩是一種養分很高的文字，小劑量的詩文就得消耗大量的心智熱能。詩就像甜蜜多彩的馬卡龍，只適合小口品嘗，甚至還得搭上一杯特濃黑咖啡，才能分解濃縮又黏膩的砂糖、蛋白與脂肪。

　　若照著以往討論詩的方式讀詩，不知不覺就讓人望而卻步，畢竟清淡與輕盈比較利於消化與吸收，同樣的，當心理負擔少，讀詩才健康。

　　這本書只提供三首詩，一首一首慢慢解讀，一段一段慢慢琢磨，一詞一句慢慢消化，細細慎思啟發。因為「慢讀」，若在直向理解詩文過程裡遇到難以解讀之處，就以橫向閱讀的方式——由時事、歷史與地理，探索資料找尋解答。這樣一來，理解一首詩的旅程變得又長又遠，總得在千山萬水之後，才能由濃縮的觀念裡慢慢溶解出纏繞的史實，消化掉含藏濃郁養分的詩文。

第一位詩人
庫德斯坦的秋曼・哈帝（Choman Hard, 1974- ）

　　在哈帝的篇章介紹一組詩，共五首，都取自《我們的生活》（*Life for Us*）這本詩集，彼此相關、相互輝映。小至短短六行詩，大至三十多行，有的感傷而優美，有的則回憶家鄉與過去，是認識中東歷史與地理的一扇窗。每首詩都源於伊拉克的種族屠殺，只有把這些小詩通通連結在一起，方能全覽這位詩人的矛盾情感，才能看見庫德族在夾縫中生存的艱辛。

庫德族是世界上最古老的民族之一，在這個民族裡有可以追溯到六萬年前的雅茲迪族（Yazidis）。中東地區有太多苦難與不幸，哈帝的詩集就是這些戰地人生的縮影。透過她作品的濾鏡可以看見庫德人面對戰爭與逃難，以及戰亂中的初戀、逃難中的取捨抉擇，還有逃亡之後如何重建庫德的未來。

　　哈帝的詩讓我感動，因為詩中沒有抱怨與指責，反而接受苦難是人生的一部分，並且望向生命的美好，緊緊抓住希望，再創造新的美好。詩中也沒有哭號的戰爭血腥，卻有輕如鴻毛的內在和平。她的詩不只使我對世界的認識更開闊，也加深我對苦難的理解。

第二位詩人
奈及利亞的渥雷・索因卡（Wole Soyinka, 1934- ）

　　這首關於黑人的詩會帶著讀者進入「種族歧視」的思索。有些人或許認為自己大方寬容，沒有歧視意識。但是索因卡會把讀者推入文字的迷宮，讓人審視潛意識對膚色的認知。

　　索因卡的〈電話交談〉（"Telephone Conversation"）詞彙看似簡單，卻有深沉的文化涵義，有些文詞對比矛盾，產生張力。若是沒有細心慢讀，容易忽略字裡行間的暗諷與批評。這首詩需要耐心去拆解，因為表層意義與底層意義、樂觀與悲觀、婉轉規勸與疾言厲色交錯，不只戳中人性不自覺的黑洞，而且是思辨的訓練，以及理智與情感的解構、重建。

第三位詩人
印度的莎拉金妮・奈都（Sarojini Naidu, 1879-1949）

莎拉金妮・奈都的〈海德拉巴市集〉（"In The Bazaars of Hyderabad"），是一首仿若歌謠的作品，描述的是在二十世紀初期海德拉巴的熱鬧風景。歌謠式的詩常常容易讓人誤以為只是童謠，我剛開始接觸奈都的作品時也有同感。不過，直到細讀她的一詞一句，串連她在兩本詩集裡的許多詩歌——《時間之鳥》（*The Bird of Time*）與《金色起點》（*The Golden Threshold*），終於明白為什麼她是印度人崇敬的詩人。

奈都非常熱愛她的家鄉與土地，她歌頌印度，讚嘆印度的文明，歌詠這塊泥土上的人事物。二十世紀初，雖然印度尚未獨立，奈都的詩卻絲毫沒有弱國的悲情，也沒有向殖民國家低頭的卑微，而是洋溢著向世界傳遞印度文化的堅定。正如《金色起點》所示，奈都的詩果然能引領讀者進入印度精神的起點，而〈海德拉巴市集〉這首詩更是其中之最。雖然短短三十行，即已含括印度人的食衣住行與生老病死，絕對是認識印度的極致詩作。

世界各國的「英語」詩

《詩想》介紹的三位詩人分別來自庫德斯坦、奈及利亞和印度，他們很巧合地都以英語撰寫詩文，卻都不是英國人。這類非

英國人的英文作品有其歷史成因，也有個共通的名稱「新英文文學」，更早之前稱為「後殖民文學」（也有以法文等語文寫成，視殖民國而定）。兩種名稱的概念不一致，但大體指向同一類作品，概括於以下兩類：

第一，不是住在英國或美國的作家，但是他們的作品是以英文撰寫。

第二，已經住在英國或美國的作家，但是作者是原住民或他國族裔（印度人、印地安人、菲律賓人或中國人等），他們的作品也是以英文撰寫。

第一類作家雖然不住在英國或美國，但是孕育他們的母國家園曾經是英國的殖民地，因為有些國家已經將英語設定為官方語言，所以這些作家自小即以英語為母語，能自然使用，例如澳洲人、紐西蘭人、加拿大人等。有些國家雖然不見得以英語為官方語言，作家也習慣家鄉的母語，不過因為接受教育的過程必須使用英語，於是也能以英語寫作，例如菲律賓人、印度人、南非人等。

第二類作家已經住在英國或美國，有些本身就是移民，有些則是第二代移民。第一代移民或許會有英文寫作的障礙，但是第二代移民經過教育後，已經能自如地使用英語。生活在殖民國家的其他族裔後代逐漸淡忘家鄉的語言，英語成了他們的母語。

形成這兩類新英文文學的歷史與英國的近代歷史重疊，故事最遠可以回溯到哥倫布發現新大陸，近一點則可以由十八世紀談起。十八世紀的英國已經進入啟蒙時期（Enlightenment），國家開

始全方位的大力改革，迅速脫胎換骨，成為強大的現代化國家。英國以強大國力，張牙舞爪地侵略世界各地，之後再以經濟擴張殖民，同時也將語言、文化與宗教全部帶進殖民國家。到了十九世紀，大英帝國已經由一個歐洲島國成為以倫敦為中心的「日不落國」，國土橫跨五大洲，串連五十餘個小邦國，本書提到的奈及利亞、伊拉克還有印度，都曾被英國統治或插手其政治。

這個叱吒風雲的大國橫行威風了差不多兩百年之久，二十世紀中期，也就是第二次世界大戰之後，許多被統治的小國紛紛起義、爭取獨立。當時的國際政局相當混亂，英、美、俄之間有著許多明爭暗鬥，讓有些夾在其間的小國找到新的盟友，不然就是找到獨立的機會。大英帝國於是漸漸縮手，國土也還原為原本的英倫三島。

雖然國土縮小，英國過去一、兩百年間在殖民地奠定的語言文化等影響，都已經生根發芽。甚至殖民地人民想出國留學時，首選總是英國。英國既是欺凌這些異族的敵人，卻也是將其帶向現代化的主要動力，所以被殖民國對英國始終存在某種奇妙的情感，混雜著仇恨與依賴。

第二次世界大戰之後，大英帝國的政治影響力逐漸由殖民地消褪，殖民地紛紛獨立，文藝生產也走向成熟的階段。這些由英文寫成的作品逐漸大放異彩，統稱為「新英文文學」，其中之「新」就是為了要與「傳統英文文學」做出區分。

傳統英文文學指的是由英國或美國人以英文寫作的文學作品，作者生長於相對富足安定又有能力對外侵略的國家；但是新

英文文學的作家通常來自既窮苦又被剝削的被殖民地，他們有些來自已經獨立的異國，像是加拿大、澳洲、南非、印度、巴基斯坦、菲律賓等；其他則來自生活在英、美的移民，都是白人社會裡的弱勢族群。新英文文學也是弱勢民族的文學作品，他們不一定來自殖民地，凡是由第三世界國家移民來英、美的異國人民，其所寫的文學作品都是新英文文學的範疇。

新英文文學裡的故事

　　新英文文學作家因為累積了民族、歷史與政治情結，於是作品呈現出對於殖民、抗爭、獨立與解放的愛恨情仇。關於殖民與獨立的文化和政治主題，常是作品的外在因素，深深地影響角色的內在情感與心理變化：他們會有文化交錯下的不適應情況、否定家鄉文化與否定自我的掙扎，或有被傷害的痛苦與療傷，還有重新認識自我、重新省思文化差異等內在成長。

　　這類故事如果單純停留在仇恨階段，就沒有太強烈的意義，反而像是歷史片段的紀錄而已。而優秀作品蘊含的震撼力道來自於超越仇恨、重新思考與自我辯論，再細膩地描述文化相遇時的矛盾、不合理及似是而非。

　　處在文化、語言、認同與爭戰的「交界處」，主角被迫面對折磨與矛盾，甚至不得不嘗試尋找解決辦法。他們需要審視歷史的因果關係與自我存在的意義，才有辦法步出「交界處」的灰暗地帶。有些主角找不到出路，只能持續地找尋盲點、繼續辯論，

一再嘗試從歷史的謬誤裡發現可能的價值與成長；然而有些主角希冀不再受困於時代與文化交錯的漩渦，於是達成裡外的妥協。

索因卡就是其中一位想要步出種族歧視灰暗地帶的作家，透過「歧視意識」裡的盲點與漏洞，找到超越歧視的利基。哈帝也在作品裡呈現出許多環境造成的掙扎，她的外在環境有恐怖的戰爭與屠殺、高山與險阻，內在則有來自親人與子女、友情與自我的煩惱。如果在承平盛世的凡人都會有三千煩惱，對於戰亂中的人來說，煩惱與苦楚更難以想像。

除了描述文化交鋒的矛盾與火花之外，有些作家喜歡在文中細膩地描繪家鄉的風土文化、語言氣候，呈現家鄉泥土裡的不同養分。

生活離不開土地也離不開氣候，不同的氣候灌溉不同的土地，不同的土地蘊藏不同的養分，也孕育出不同的生活與文化。哈帝的故事讓我們看見伊拉克的庫德斯坦地區，看見住在札格羅斯山腳下的人們。奈都描繪的印度市集也是另一種異國風景。

英文中的「異國」其實是非常「歐美本位主義」的說法，只要不是基督教白人的世界、也不是生活在北半球的大陸型與地中海型氣候，大概都可以列入異國風情。印度當然是典型的異國，也就是相對於西方人的東南方世界。這個遙遠國度的食衣住行、生命哲學等，對於西方人（包括遠東的臺灣人）都是個謎團，但透過奈都琅琅上口的詩歌〈海德拉巴市集〉，就能有基本瞭解。

一沙一世界，一花一天堂

　　一首詩講述一段歷史，也根植於一片土地，於是閱讀任何一首來自新英文文學的詩，就如同開啟一扇窗口，通往另一個世界，認識其他國度的土地氣候、生活習俗、人理倫常，還有歷史、信仰與希望。

　　只要是關於人的故事都有相通之處，種族歧視、獨立企求、熱愛土地等議題，也是臺灣時時談論的現實情況，所以異國的故事一點也不遙遠。

　　有些人喜歡深入異地，體驗生活；有些人沒有時間與經濟的餘力，所以閱讀就是另一種旅行選擇。若是閱讀經過巧思錘鍊的作品，更是一場眼與心的時空之旅，頓時穿越百年、跨越萬里，進入文人的心裡。比起真實旅行，閱讀是比較經濟的做法；而比起閱讀旅行手冊，閱讀文學更能深入理解一個國度。

　　這本書希望能提供新的讀詩意境與旅行視野，詩於是不再遙遠，而邊緣國度觸手可及。

目錄

Part One・戰火蔓延
秋曼・哈帝（Choman Hardi）——庫德族的苦難

Part Two · 種族歧視
渥雷・索因卡（Wole Soyinkas）── 倫敦的紅色電話亭

後記

Part One

戰火蔓延

秋曼・哈帝（Choman Hardi）——
庫德族的苦難

許多人心中都有類似的疑惑：閱讀文學作品到底有什麼意義？除了看見一則故事，還能獲得什麼好處？如果想功利地找出閱讀文學的意義，或許可以說：「只要一首詩，就能開啟一扇世界之窗。」

秋曼‧哈帝（Choman Hardi）的作品就是能夠開啟世界之窗的詩，讓我們看見中東地區庫德民族的生活、歷史、革命，還有獨立運動，幫助我們彌補中學時期始終沒有真正理解的中東歷史與地理，而且由這個被列強遺忘的族群，我們還能瞥見近日中東的紛擾與戰爭。

詩人秋曼‧哈帝

關於庫德族

　　庫德族（Kurds）是一支生活於兩河流域的古老民族，與以色列人一樣，期待在自己的土地上建立自己的國家。但是他們沒有以色列人的機運，也從沒獲得足夠的認同與援助，反而在諸國強行分割下四分五裂。

　　庫德族人居住的地區稱為庫德斯坦（Kurdistan），西半部絕大部分被劃入土耳其，西南邊則有一小部分劃入敘利亞，南方大部分都在伊拉克境內，東邊則歸屬伊朗，甚至還有極小部分位在北方的亞美尼亞國境裡。因為生活在其他民族的統治之下，庫德族人一直遭受壓迫與不平等的待遇，他們與土耳其人、伊拉克人存在著很大的矛盾，一直有零星的抗爭或戰役。

　　臺灣四周環海，即使有外患，我們都沒有即刻性的危機與恐懼；然而，庫德族與鄰國直接接壤，沒有隔閡，甚至連境內的險峻高山也都是生活與生命的威脅。然而，即使山巒再高，也不曾主動欺壓生活於其間的人民百姓，但是鄰國就不一樣了，不只噤聲、消音、剝奪、欺凌，甚且還對庫德族進行屠殺。於是，庫德族有句古老的諺語：「庫德沒朋友，只有山。」（Kurds have no friends but mountains.）。

　　我們通常認為中東的紛亂局勢源於阿拉伯穆斯林與以色列猶太人的政治利益及宗教歧異。當然支持兩方的列強——中、俄與英、美——也是紛爭來源。不過，除了這些直接與石油利益有關的大國之外，其他小國或弱勢民族也都是中東地區的不定時炸彈。

中間白色部分為庫德斯坦，位於敘利亞和伊拉克北部、土耳其東部、伊朗西部，還有少數亞美尼亞。
超過一半的庫德斯坦都在山區。
蘇萊曼尼亞位於伊拉克的庫德斯坦南部。

庫德族的生存利益就是其中一個關鍵。2011年阿拉伯之春後，敘利亞內戰展開（2011～2015年），伊斯蘭國（ISIS）的勢力也隨之擴張，導致敘利亞有超過四百萬的難民逃往歐洲。

　　此時，直接與伊斯蘭國抗衡的軍力，除了敘利亞軍隊之外，還有一部分來自庫德族人民防衛隊。庫德軍人個個驍勇善戰，包括女兵都非常英勇。2015年6月，庫德軍曾經打斷伊斯蘭國在北方的重要補給站泰勒艾卜耶德（Tal Abyad），重挫其勢力。

　　原本，重創伊斯蘭國應該讓阿拉伯世界歡欣鼓舞，不過若因此讓庫德族的勢力壯大，反而將成為阿拉伯國家的隱憂。土耳其就曾經表示，如果庫德族人在幫助解決敘利亞內戰時趁勢壯大，連結各國的庫德族反抗勢力，那麼瓦解伊斯蘭國之後就會有庫德族獨立革命的問題。

　　如果庫德國成立，就表示有四至五個國家必須分割一部分國土，交給庫德族人。其中尤以土耳其與伊拉克最不樂見其成，因為庫德族絕大多數人民都居住在他們的領土上。

　　以色列在1948年建國，自此打了六次以阿戰爭，若是庫德族也獨立了，是否又成為另一個中東火藥庫呢？這就是庫德族面臨的矛盾。四周的阿拉伯人為什麼要讓庫德族人獨立？列強又為什麼要支持這個弱勢民族？

　　既沒有盟友，也沒有列強支持，庫德族到現在還在自己的土地上想盡辦法抵抗外族、堅持信仰、揮灑血淚，奮力地為民族的自由、獨立奉獻犧牲。哈帝就是生活在這樣歷史情境下的當代庫德族女詩人。

庫德之筆：秋曼・哈帝

　　1974年，哈帝出生於伊拉克北境山區庫德斯坦南境的蘇萊曼尼亞（Sulaimaniya），現在任教於伊拉克蘇萊曼尼亞的美國大學（AUIS, The American University of Iraq—Sulaimani）。

　　這位大學教授與許多大學教師很不一樣，並不是一帆風順的讀書人，而是經歷幾次生死交關，從險境中活下來的勇敢女性。她生命的進程彷彿是部近代的庫德簡史。認識她早年的悲苦經歷前，先稍微瞭解她的文學成就。

　　哈帝在倫敦接受高等教育，先在牛津大學主修哲學與心理學，之後獲得倫敦大學哲學碩士、肯特大學心智健康博士，然後，贏得獎學金繼續博士後研究，研究生活在伊拉克庫德斯坦地區遭遇大屠殺之後的女性生還者，2011年，這份研究出版為《伊拉克庫德斯坦的安法爾生還者》（*Anfal Survivor in Kurdistan*）。以下介紹她的作品：

英語詩集：
　2004年《我們的生活》（*Life for Us*）
　2015年《想想女性》（*Considering the Women*）
得獎的詩有二：
　〈我的孩子們〉（"My Children"），2007年倫敦捷運詩文獎。
　〈夏日的屋頂〉（"Summer Roof"），2014年倫敦南岸藝術中心「過去五十年來，最美的五十首情詩」之一。

此外，2010年她有四首詩被列入英國中學英語文與文學學程
（the English GCSE curriculum in the UK）：

1. 〈1979，國境邊界〉（"At the Border, 1979"）
2. 〈入侵〉（"Invasion"）
3. 〈家鄉的潘妮洛普斯們〉（"Penelopes of My Homeland"）
4. 〈我媽媽的廚房〉（"My Mother's Kitchen"）

種族屠殺計畫

哈帝出生的隔年，伊拉克與伊朗因為國界問題而簽訂《1975
阿爾及爾協議》（1975 Algiers Agreement），自此，伊朗撤離一部
分駐守於庫德斯坦的軍力，不再支持庫德族獨立運動；而伊拉克
則趁勢攻擊庫德族獨立叛軍。生活於兩國之間庫德山區的 居民，
因為伊拉克軍隊的逼近與迫害，逃亡伊朗，哈帝也是其中之一，
當她還是強褓襁褓中的嬰兒，就已經流亡於群山峻嶺之間。

歷經四年逃難，直到哈帝五歲，一家人才又回到故鄉蘇萊
曼尼亞。之後，庫德族的獨立運動未曾停歇，中東戰火也不曾止
息，其中影響她一生最大的戰爭，是交戰八年的兩伊戰爭（1980
～1988年）。

這場戰爭期間，當時的伊拉克總統薩達姆・海珊（Saddam
Hussein）的槍砲彈藥不只對著敵對的伊朗；最卑鄙的是，他還
暗中執行一項慘無人道的種族屠殺計畫──安法爾計畫（Anfal
Campaign，1986～1989年）。

安法爾計畫的「安法爾」出自《可蘭經》的〈艾爾—安法爾章節〉（Al-Anfal Surat），內容描述巴德之戰（the War of Badr）。這場戰役因為穆罕默德（Muhammad）對阿拉（Allah）的忠誠與信賴，讓他們贏得這場聖戰（Jihad）的勝利。穆罕默德也在這場關鍵之戰，由一個被麥加放逐的叛亂者成為穆斯林宗教的領導者。

然而雖名為「聖戰」，其意卻不全然意味著「戰爭」。經典裡的戰爭有部分是歷史紀實，有時卻是引申的意義。聖戰之所以神聖，是因為參與戰役的人完成了一場不可能的任務。這場不可能的戰役有兩層涵義，第一層意義指的是在歷史上曾經有一場戰爭，在敵大我小、完全弱勢的情況下，靠著體能、勇氣、奮鬥與意志力，還有精神上對於阿拉的信仰與忠誠，最後終於超越現實，贏得一場不可能的戰役，因此被稱為聖戰。不過，以身體掙脫外在環境的枷鎖僅是小聖戰（the lesser jihad）。第二層意義則是由歷史事件引申出的精神涵義，也就是大聖戰（the greater jihad）。

人類最大的敵人其實不是外在的敵人，而是內在自我的私欲、驕傲與無知，或是佛家說的貪嗔癡三毒。克服外在需要體能與勇氣，克服內在更是困難，必須承認自我的黑暗，面對自我愚昧，即使是戰場上最驍勇善戰的勇士也不見得有足夠勇氣這麼做。於是，真正偉大的聖戰是人能夠信任且忠誠於阿拉，在阿拉的帶領下面對自我，克服內在的欲望，掙脫心靈的泥沼，清除靈魂的塵埃，將自我推向仁善美真的境界。這將是偉大的靈魂聖

伊拉克一萬元鈔票上的薩達姆·海珊。

在安法爾庫德種族屠殺之後的
葬禮，棺木上的旗幟是庫德斯
坦國旗。

戰，或說心的聖戰（the jihad of soul/heart）。

　　諷刺的是，海珊的「安法爾計畫」雖然暗示著聖戰的巴德之役，卻不是為了阿拉而戰，唯一的目的是種族屠殺：將伊拉克北境的庫德族與異教徒全部清除乾淨，讓伊拉克邊境不會再有任何擾人的獨立革命運動，破壞其國土的完整性。

　　於是，1988年春天，哈帝十四歲時，伊拉克在哈萊卜傑鎮（Halabja）對庫德族進行了一場大規模的攻擊。海珊非常狡詐陰險，知道民眾若是遇到空襲警報都會躲到地下室和地窖，就算不斷地往地面轟炸，多半也徒勞無功，得不到太大的攻擊成效，於是改用生物化學武器。生化武器所產生的毒氣比空氣還重，分布於空氣中一定會往下墜。當毒氣沉降至地下室與地窖內，這些地底空間儼然成為現成的毒氣室，比起希特勒動用火車運送猶太人前往集中營，還更有效率。

　　當時還沒有四通八達的網路，資訊傳播仍不夠快速，庫德族被屠殺的慘劇一開始沒有獲得太多重視，讓海珊能夠為所欲為，進行多達四十幾次的生化武器攻擊。直到許多倒臥在沙漠的掙獰面容以及被遺棄在沙漠的幼小身體被一一發現，災難才逐漸引起世人的關注。

　　從安法爾計畫開始執行一直到兩伊戰爭結束，海珊摧毀了四千六百多個村落、一千七百多間學校、兩百七十間醫院、將近兩千五百處清真寺，殺害了將近二十萬平民老百姓，遺留下許多寡婦和大量流離失所的孤兒。（資料來源：維基百科"Al-Anfal Campaign"）

曾經發生大屠殺的哈萊卜傑鎮，如今已經恢復生機。
村民正在販賣火烤堅果。

我寫作這篇文章的2015年，發生伊斯蘭國造成的敘利亞內戰，迫使難民逃往歐洲。一艘逃難的船隻在地中海發生船難，使得艾倫‧庫迪（Alan Kurdi）小小身軀被沖上土耳其海岸，引起世界嘩然。雖然國際媒體聚焦於敘利亞難民，但是由姓氏判斷可知小男孩是庫德族人。

1988年，伊拉克的庫德族人因為化武屠殺而不得不逃離家園；2015年，敘利亞的庫德族人也因為伊斯蘭國專橫的恐怖攻擊不得不逃難。伊斯蘭國還特別指定要屠殺庫德族的古老教派──雅茲迪族。一樣是追求獨立，以色列人因為獲得英、美列強支援，在二次大戰之後爭取到中東最肥沃土地之一，開始了新生活。庫德族的時機與命運，顯然悲慘得太多了。

詩集《我們的生活》

化武攻擊迫使哈帝一家展開逃亡。他們穿梭於伊拉克、伊朗和土耳其境內的庫德斯坦山區，花了五年時間才輾轉逃亡到英國，住在難民營，開始沒有安危考量的新生活。

受到父親是文人與詩人的影響，哈帝也喜愛文學，更愛寫詩。她待在英國時，回想起家鄉的一切，以母語創作，曾經出版過四本詩集。但是，庫德語畢竟是少數語言，以庫德語寫詩無法將這個民族的故事有效地向世界傳遞。於是，她又以英文撰寫詩文，在2004年出版了詩集《我們的生活》──一本以詩為故事的傳記式詩集，記錄庫德族的男女、老少、生活、生命、逃亡、理

想，還有革命等議題。

語言像一扇窗，打開人觀看世界的角度，哈帝的詩牽動讀者進入她描述的庫德族世界，讓更多人認識庫德族的文化與歷史，也讓讀者尊敬與佩服這個民族。

雖然歷經大難，哈帝的詩文卻絲毫沒有怨恨委屈、責難攻擊，反而輕柔溫和、婉轉溫暖，字裡行間流露著濃郁綿延的回憶、懷念與鄉愁。詩集裡鮮少有困難詞語與結構，所以讀者幾乎沒有閱讀上的困擾，能隨著作者的描述慢慢地跨入庫德族的世界，看見這群住在西亞札格羅斯山區（Zagros Mountains）的勇敢民族，如何度過每一場掙扎、抗爭與戰爭。

相較於海珊殘忍且不道德的聖戰，這本詩集描寫庫德族女性經歷外在困境後，內心滋長出的勇氣，以及現實生活體驗如何慢慢地昇華為內在的精神成長。一位女性最早面對的成長體驗是什麼呢？

幻滅。

但與一般人和平生活中的幻滅相較，哈帝青春期的幻滅很不一樣，包含了戰爭時期的現實無奈。

雖說「庫德族人沒有朋友，只有山」，正值青春期的哈帝還是渴望有好朋友，特別是對街那位每晚與她遙遙相望的鄰居大男生。即使雙方無語，但有一種奇妙隱約的關係正悄悄地連結。〈夏日屋頂〉（"Summer Roof"）就是這樣的一則故事，描寫在家鄉的山間裡、剛剛步入青春期的哈帝，一段隱約的、從未實現過的淡淡初戀。

Summer Roof

Every night that summer
when we went to bed on the flat roof,
I stayed awake
watching the opposite roof
5   where he was,
a tiny light turning on
every time he puffed his cigarette.

Once I was shown his paintings
and I went home
10 and wrote his name all over my books.

I kept imagining what he would say,
how I would respond.
I imagined being married to him,
looking after him when he fell ill,
15 cooking for him and washing his hair.
I imagined him sleeping on the same roof.

A whole year went by and we never talked
then suddenly an empty house opposite us,

an empty roof not staring back

20 and sleepless nights for me.

Years later we met again

the same man with a few fingers missing,

bad tempered, not able to paint.

We never spoke,

25 we remained on our separate roofs.

這首詩描述初戀的曖昧情境。哈帝愛上一位愛畫畫的男孩，在書上寫滿這個男孩的名字，想像他們會怎麼開啟對話，她該如何回應；想像他們結婚之後，一起生活的種種美好。

但是，一整年過了，他們之間從未開啟任何對話，而男孩一家頓時人去樓空。

這首情詩文字簡單，描述的只是平常生活中微不足道的清新憧憬，卻在2014年被英國首屈一指的倫敦南岸藝術中心（London's Southbank Center）挑選為「過去五十年來，最美的五十首情詩」之一 註一。

年輕的哈帝情竇初開，與心儀的男孩相互凝視的地方不像莎士比亞在《羅密歐與茱麗葉》（*Romeo and Juliet*）描寫的「小情人躲在草叢和陽臺，遙望互訴愛慕」，她的初戀始於自家的「屋頂」。

「屋頂」這個特別的地方就是詩文的缺口，認識另一個世界的地洞，召喚我們跟著愛麗絲的懷錶白兔跳進一個不同於以往認識的世界。為什麼會在「屋頂上」呢？為什麼詩的名稱會是〈夏日的屋頂〉？

走一趟札格羅斯山地，看看這個山區的地理形式、雨水氣候，便能理解在這樣的地理與氣候交織下會有怎樣的生活情境，當然也能明白住在山區的庫德族人民為什麼會有不可思議的傳統──睡在屋頂上。

山上的生活

哈帝一家人生活的蘇萊曼尼亞，是一個座落在山間的城市，位於伊拉克庫德斯坦自治區。前文提及庫德族目前被劃為四個不同的國家，分別由各國統治，只有在伊拉克的庫德族已經不受伊拉克掌控，獲得自治的自由。這個伊拉克北部的庫德族自治領域稱為庫德自治區（又稱庫德斯坦），有自己的政治、經濟、教育等系統，除了名分之外，儼然是個獨立政府。

根據2015年庫德斯坦自治區政府（The Kurdistan Regional Government）註二描述的國土區域，北起今日之土耳其東南部，東與敘利亞東北部接壤，南接伊拉克北部，西臨伊朗東部，總面積大約四萬平方公里。與臺灣相比大約多了四千四百平方公里，約是一個花蓮縣的大小。這個與臺灣差不多大小的自治區，也有與我們差不多的人口，臺灣有大約有二千三百萬人，庫德族則約

伊拉克庫德斯坦地區，共有三個省分：杜胡克省、艾比爾省與蘇萊曼尼亞省。

二千八百萬人註三。

　　距離這個自治區不遠處就是伊拉克境內，孕育著美索不達米亞文明（Mesopotamia）的兩河流域——底格里斯河與幼發拉底河（Tigris and Euphrates）。但庫德族人並非肥沃兩河的直接受益人，他們住在底格里斯河的兩大支流——大札卜河（Grand Zab）與小札卜河（Little Zab）上游。

　　伊拉克的庫德斯坦地區就是以大小札卜河切割劃分成三個行政區，分別由三個主要城市為名：包括艾比爾（Erbil）、蘇萊曼尼亞（Sulaimaniya）和杜胡克（Duhok）。庫德斯坦的首都是艾比爾，距離曾經是古代亞述帝國的尼尼微城（Nineveh），也就是今日伊拉克北方重鎮的摩蘇爾（Mosul），僅有八十公里之遙。而蘇萊曼尼亞則是哈帝的家鄉，也是她目前任教大學的所在城市。

　　這一塊小小的庫德族區大部分位於札格羅斯山區的西半部，也是山勢最高、最險惡的區域（東半部較平緩的區域，位於伊朗境內）。這些崇山峻嶺大多在二千四百公尺以上，有些甚至高達三千公尺，屬於大陸型氣候，夏天乾燥炎熱，冬天則極為寒冷。幸好高山的冰河與冬日的積雪為庫德族人帶來充裕的水源，孕育出肥沃的河谷沖積平原，也參與了古老的兩河文明與波斯帝國。

　　《聖經》裡就出現過庫德族人的高山——朱蒂山（Mount Judi）。大洪水時期，諾亞方舟最後停留的山巔就在東庫德斯坦（位於土耳其境內）。更早之前的亞述帝國（2000B.C～600B.C），庫德族人也曾經參與。甚至，在伊拉克庫德斯坦的山尼達洞穴（Shanidar Cave），還發現過新石器時代前期（大約三萬五千至

上圖： 札格羅斯山的乾燥氣候、陡峭山壁與裸露尖石。
下圖： 杜胡克附近的札格羅斯山山景，山頂上掛著一幅庫德斯坦國旗，鳥瞰杜胡克市。

六萬五千年前）的人類墓穴。

　　這麼看來，庫德族人還有庫德族裡的雅茲迪人，幾乎可以稱為人類的活化石，因為他們大約在六萬年前就已經生活在這個區域。其中最著名的宗教遺產就是古老的雅茲迪教，既不屬於猶太教、基督教，也不屬於回教的更早期宗教，現今大約還有七十萬名信奉者。他們信奉孔雀神也相信輪迴，與波斯帝國的祆教（拜火教）有些淵源。他們獨特的信仰模式與周圍的穆斯林教格格不入，因此一直處於敵對的狀態。

　　近年，在剛興起的伊斯蘭國脅迫之下，只要是生活在敘利亞境內的人，即使古老的雅茲迪教教徒，都必須皈依伊斯蘭國的穆斯林遜尼派。這些生活在山間的雅茲迪人是庫德族中的少數人口；他們和其他庫德族人一樣，不只要面對高山上的艱難，還要面對生活周遭因為種族差異帶來的各種衝突，不只是政治與經濟上的，還包括宗教。

　　這些少數民族因為生活在乾燥的高山，於是孕育出獨特的文化與居住習慣。位於土耳其的文化遺跡加泰土丘（Catal Huyuk）可謂札格羅斯山區傳統的居住範例（43頁圖）：櫛比鱗次的土屋並排交疊，地底下則有層層互通的地下室。這不是一般平民百姓的普通住所，而是貴族王宮的建築，範圍極廣，地底下挖鑿了十數層，並且還有充滿宗教氣息的室內擺設。

　　至於平民住所的樣貌可以參見今日的庫德傳統土房（43～46頁圖），是由土塊或土磚堆砌而成，屋頂平坦，房屋與房屋之間可以連結互動，地底下也有地下室，有的也戶戶相連。

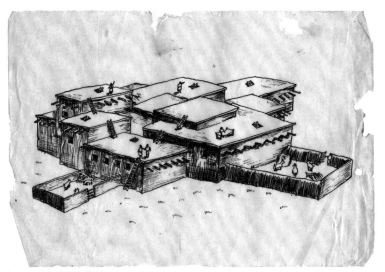

加泰土丘的房屋結構圖。

庫德斯坦地區的平坦屋頂設計。

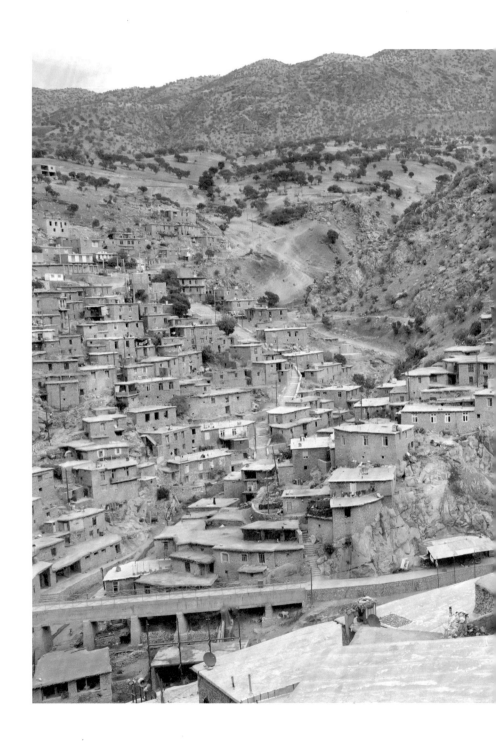

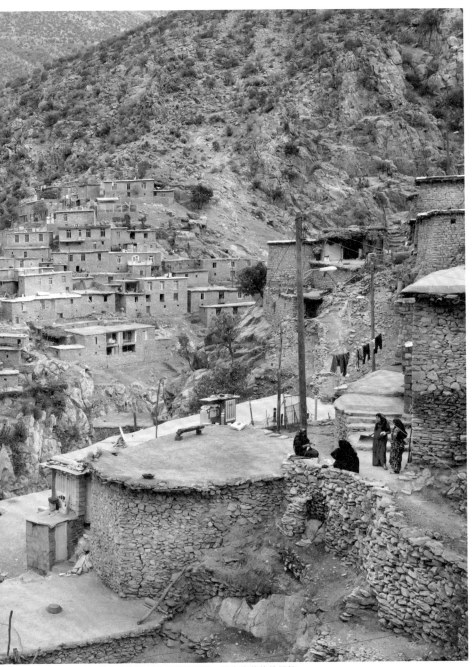

札格羅斯山區的庫德斯坦村落與平坦屋頂。婦女穿著傳統服飾。

乾燥的札格羅斯山區，房屋平坦，沒有圍欄。

　　屋頂之所以平坦，除了設計簡單、花費較少的原因以外，還與氣候有關。大部分生活在有雨、多雨、多雪區域的居民，為了讓屋頂有導水功能，大多設計為傾斜屋頂，避免屋頂負荷過重而有坍塌危險。然而庫德斯坦山區的年雨量僅有375至724毫米（臺灣的年雨量大約2515毫米）。

　　但是庫德斯坦夏季的七至八月極為炎熱，平均溫度是攝氏37至43度，最高溫甚至到達50度，相挨而建的房屋彷若石磚烤爐，

來不及在夜間降溫，幾乎讓人無法入睡，因此庫德族人習慣夏季睡在屋頂上。但屋頂沒有圍欄，時常有小孩半夜起床上廁所卻由屋頂跌落的悲劇發生，成為威脅兒童性命的第二大主因。即使土耳其政府近年制定法律，強制家長立起圍牆，保護兒童，依舊無法有效執行。畢竟這是幾百年的生活習慣，也是當地的文化傳統。

哈帝就生活在這樣的山區，所以她詩中所謂的夏日夜晚不只有月光星空，還有櫛比鱗次、層層疊疊的平坦屋頂，我們再把敘述拉回到屋頂上的男孩。

屋頂上的男孩

Every night that summer

when we went to bed on the flat roof,

I stayed awake

watching the opposite roof

5　　where he was,

a tiny light turning on

every time he puffed his cigarette.

那年夏天才剛步入青春時期的少女哈帝，每到夜晚就與家人爬上自家平坦的屋頂（we went to bed on the flat roof），準備上床睡覺。雖然安眠時間已至，她卻捨不得閉上眼睛，因為望向對面

的屋頂，他，在那裡（the opposite roof where he was）。

　　對面的男孩當然也還沒有入睡，兩人應該已經對望好一段時間了。他正在抽菸，每吸一口菸，丁點的火光就在黑夜裡閃耀一下。

　　火，是黑夜中的希望。男孩呼吸之間的火光也是希望的代表，這個希望對哈帝來說是對於愛情與未來的憧憬，對那個男孩來說也是一種企盼，內心燃燒著熾熱的期許。

　　什麼期許呢？

Once I was shown his paintings

and I went home

10　　and wrote his name all over my books.

　　某一天，有人告訴小哈帝那是男孩的畫作（Once I was shown his paintings）。回到家中的小哈帝（and I went home）自此之後更加崇拜對街的男孩，在自己的筆記本上一次又一次地刻畫著他的名字，然後寫在每一本書裡面（and wrote his name all over my books）。每書寫一次就彷彿進行了一場儀式，默默地把這份思念塞往心底更深處。這短短三行將情竇初開、酸酸甜甜的暗戀，描繪得非常貼切傳神。

　　最美的不是直接面對面，而是一縷縷幽幽的思念。

　　這位男孩的畫到底是什麼模樣？為什麼那麼吸引小哈帝？雖然讀者無法親眼看見，不過由詩的字裡行間應該可以感受到，這

位年輕人若不是表現出成熟的繪畫技巧、展現了繪畫天分，不然就是能傳達細膩情感、盈溢精神。如此才能感動另一顆同樣細緻敏感的心。

哈帝除了寫詩、翻譯、教學之外，也是位畫家、雕塑家。在她前往英國前，一直以為自己將來會是個藝術家，她接受訪問時曾經說過，視覺藝術是她的第一個興趣與最終期許。不過命運卻將她推往另一條道路，因緣際會地，在求學時選擇了哲學與心理學，從此由視覺創作轉往文字創作。

但她從未遺忘視覺創作，2007年，當她累積了足夠作品，終於在英國的塞薩克斯的郝斯藝術中心（Hawths Arts Center），展覽一系列的畫作與雕塑。

當時能讓這位十幾歲少女深深感動的年輕藝術家，一定有相當優秀的天分與靈性，才能讓另一位年輕的隱性藝術家真心崇拜，甚且，我們似乎還能由哈帝對於藝術感知的背景，隱約聽得到她夾雜在詩裡的假設——對街的男孩長大之後會是位傑出藝術家。

一位年輕藝術家的心思肯定既細膩又敏感，容易熱血沸騰，當然，也易怒。

如果對應詹姆士・喬伊斯（James Joyce）註四 在1916年所撰寫的《一位年輕藝術家的畫像》（The Portrait of an Artist as a Young Man），或許就能想像一位年輕善感、心思細膩的少年，內心到底存在多少的矛盾、掙扎、叛逆，以及美感、理想與神性。在歐洲的喬伊斯有機會放逐、有機會深思、有機會上大學，也有機會反

努生命的意義。

然而，生活在世界另一端的藝術家呢？生活在沒有政治的庇護、沒有資源的山地邊疆，這位哈帝心儀的庫德少年，他的藝術人生將如何發展？

一位庫德年輕藝術家的畫像

I kept imagining what he would say,
how I would respond.
I imagined being married to him,
looking after him when he fell ill,
15   cooking for him and washing his hair.
I imagined him sleeping on the same roof.

深受感動的哈帝，除了一遍又一遍寫著男孩的名字之外，也已經在腦海裡上演一齣又一齣的對話戲碼。她開始想像他會如何開啟他們之間的對話，對她說些什麼？（I kept imagining what he would say,）她又該如何回應他的問話？（how I would respond.）對話才起動，哈帝就迫不及待地跳躍到終於生活在一起的那一天。

她開始想像，假若有一天他們結婚了，會有如何美滿又美好的生活；如果他生病了，她一定會好好地照顧他（looking after him when he fell ill,）；她會為他燒飯，也會為他洗髮。（cooking for him and washing his hair.）。她也想像著有一天他們會睡在同一處

屋頂上（sleeping on the same roof.）。

> A whole year went by and we never talked
> then suddenly an empty house opposite us,
> an empty roof not staring back
20　and sleepless nights for me.

這些美好的故事、幸福的畫面一直在哈帝的腦海裡反覆上映，時間長達一年之久。然而，想像世界的甜蜜情節卻從未真正實現，他們甚至不曾交談（A whole year went by and we never talked）。甚至令人措手不及地，一年後，男孩的家頓時空無一人（then suddenly an empty house opposite us）。對面的樓頂上不再有人滿腹理想地在夜空中點燃一丁點火花，也不再有一雙眼睛與哈帝心電感應地凝視與回望（an empty roof not staring back），就是這句話證實了那份迴轉流動於兩個屋頂上的情感。只是因為兩個人都還年輕，因為社會環境保守，於是有些話不能說、有些事不能做，只能保持沉默，靜靜地以眼神傳遞情感，等待機會。

然而，默默等待的哈帝，最後等到的不是對話，卻是一幢空洞的房子、無人的屋頂，還有一個又一個失眠的夜晚（and sleepless nights for me）。

美好浪漫的青春戀情就這麼倏地消逝了，或許是因為這些美麗的幻想還來不及實現，也或許是因為無數的疑惑與遺憾，才使得這些記憶一直停留在幻想的天堂，永遠美麗。

Years later we met again

the same man with a few fingers missing,

bad tempered, not able to paint.

　　多年以後，哈帝與男孩再次相遇（Years later we met again）。
一樣是這位男孩，不過早已變成一位成熟的男人。令她感傷的
是，他已經和當年的那位男孩很不一樣，少了幾根手指頭（with a
few fingers missing）、脾氣暴躁（bad tempered），最令人遺憾的
是，他再也不拾筆繪畫（not able to paint）。

　　真正的失戀應該就此開始。這位年輕藝術家的夢想人生，
硬生生斷送在混亂的政治狀態、斷送在幾個政治強人的戰爭遊戲
裡。政治強人的遊戲，付出無數生命犧牲的代價，更斷送了幾百
萬人的夢想與幸福。家破人亡是看得見的犧牲，但是斷送的夢
想、破碎的情感、跌入絕望深淵的精神崩潰，這些看不見的痛苦
豈是能算計得了、償還得起的犧牲。

We never spoke,

25　we remained on our separate roofs.

　　即使再次相見也沒有任何對話、任何發展。未來宛如黑夜，
沉沉地降落在兩人之間。夜空下，這對年輕人又在各自的屋頂上
寂寞。揮灑畫筆的人生從未實現，一起生活的夢想也從未成真。

青春夢想的殺手

〈夏日屋頂〉這首詩形式簡單、內容單純，然而仔細閱讀與感受就會發現根本是個悲劇。表面上只是一對年輕人沒有終成眷屬的哀傷故事罷了，但故事若如此簡單就不可能是「過去五十年來，最美的五十首情詩」之一。

這個故事的真正悲劇藏在故事的背景裡，只有明白那些看不見的日子裡到底發生了什麼事情，才能真正理解為何這個夏日故事如此感傷。

男孩為什麼會忽然間舉家離開？為什麼雙方會相隔數年不見彼此？到底是什麼悲劇使得熱血的年輕畫家變成暴怒的斷指男人？由哈帝的另外兩首詩〈1988的避難旅程〉（"Escape Journey, 1988"）與〈入侵〉（"Invasion"），大概可以勾勒出這則愛情故事背後隱藏的嚴苛現實。

1988的避難旅程

1974年出生的哈帝，中學時期大約始於1986年，正是兩伊戰爭期間，海珊祕密進行安法爾計畫的時期。這個計畫總共歷時三年，完全與哈帝的中學年代重疊。

在這段屠殺期間，庫德族人面對不斷轟炸與化武攻擊之下，有一些充滿理想的青壯年選擇抵抗、對峙；一些有年幼孩童的家庭則必須選擇離開；也有些人或許還沒有找到可以投靠的遠方親

友，或許盤纏不足、戀家愛家，因此寧可選擇留下。

　　然而，任何選擇都像與死神面對面的凝視。沒有任何選項優於另一個，每一種選擇都是生死存亡的冒險。

　　或許男孩的家庭在1986年選擇了先離開，哈帝家對面的房子才會有大約一年的時間空無一人。當安法爾計畫的化武攻擊愈來愈頻繁，1988年，哈帝一家人也不得不選擇離開。〈1988的避難旅程〉記錄的就是哈帝一家人為了躲避屠殺，不得不開啟在群山之間逃亡的難民旅程。

　　逃亡是最卑微的選擇，也是萬般不得已的下下之策。因為轟炸的彈藥沒有憐憫、沒有同情，溫暖的故鄉只剩下冷漠與死亡，此時離開或許還稱得上是個希望。

　　但面對皚皚覆雪的札格羅斯群山，離開的這條路其實也走在死神的鐮刀之下，橫亙在哈帝一家人眼前的是高達三、四千公尺、杳無人跡的嚴寒峻嶺。

　　這一年，她不過是個十四歲的小女生。

Escape Journey, 1988

They force you to crawl, these mountains,

even if you are only 14.

Who made the first journey over them?

Whose feet created this track?

5   The exhausted mules carry us

along with the smuggled goods.

Sitting on their backs, climbing mountains

feels much safer than going down.

The steepness makes me lean backwards,

10   my back nearly touching the mules's,

then holding on becomes impossible

and I dismount.

It is easier, safer to walk sideways.

And from high up, I can see the white valley.

15   "A valley of plaster," I tell my sister.

The mule owner says: "It is snow."

But I cannot imagine being rescued from this rough mountain

only to walk over the snow, covering the river.

I cannot imagine listening to the rushing water

20   passing by holes where the river exposes itself.

"You are too young to complain,"

the mule owner says,

and I look at my father, his little body,

and I listen to his difficult breathing,

25   But then again, he's been here before.

位於亞美尼亞札格羅斯山區的庫德斯坦地區，鄉間的石頭屋也是平坦屋頂的設計。

擋在眼前的巨山無聲無息、沒有動靜；這些嚴寒冷峻的高山與那些轟然熾火的彈藥武器一樣，不分男女老少都只能卑微地低下頭來、鵝行邁進。千山萬壑迫使哈帝一家人一步一步蹣跚向前（They force you to crawl, these mountains）。舉步維艱的小哈帝不只膽怯，心中還充滿疑惑：到底是誰逼迫平凡的人類褻瀆這些神聖的高山？又是誰迫使他們啟動翻山越嶺的旅程？（Who made the first journey over them?）還有誰會這麼艱辛地以自己的雙足雙腿，在山野裡踩踏出眼前這些綿延小徑？（Whose feet created this track?）

　　這則自傳式的故事是一段艱苦悲傷的過去，相同的悲劇甚至到現在還進行著。但是在哈帝詩作的字裡行間，沒有負面的詞彙，也沒有任何憤怒、怨恨、詛咒或批評。在她的故事裡，政治彷彿隱形了一般，這正是她的詩詞優美之處。透過十四歲少女的口吻，以單純的疑惑描繪了庫德族人面對的打擊，其中的背景充滿政治因素，非常血腥。尤其當我們已經理解哈帝的童年生活與經歷，也將明白隱藏在清淡如水傾吐裡的是一層又一層濃厚鬱結的歷史包袱。

　　「沒有朋友，只有山」的庫德族人，在最為無助的時候只能相互扶持，走入山野，尋求護庇。

5　The exhausted mules carry us
　　along with the smuggled goods.
　　Sitting on their backs, climbing mountains

feels much safer than going down.

The steepness makes me lean backwards,

10　my back nearly touching the mules's,

then holding on becomes impossible

and I dismount.

It is easier, safer to walk sideways.

　　哈帝有時覺得坐在騾背上比較輕鬆安全，有時又覺得自己步行比較妥當，因為山勢過於陡峭，她幾乎必須橫躺在騾子上，否則難以平衡、坐穩，這時不如下馬行走。一位十四歲的孩子寧可自己行走，而不願騎乘騾子，山勢的峻峭程度可想而知。

　　札格羅斯山是歐亞板塊與阿拉伯大陸板塊相互擠壓而形成的山脈，山勢的走向為西北朝向東南，西北半部位於土耳其境內，中間經過伊拉克的庫德斯坦地區，東南邊則綿延至伊朗，直達波斯灣邊境。山脈總長大約二千公里，寬度則介於二百至四百公里之間（臺灣南北總長三百九十四公里），平均高度都在三千五百公尺以上（玉山主峰三千九百五十二公尺），有些則高達四千公尺以上，最高峰札爾德峰（Zard Koh，意思為「黃色山峰」，在伊朗境內）則高達四千五百四十八公尺。

　　哈帝一家人逃亡的路線應該是兩伊邊境的走私路線，海拔大約四千公尺以上，途中有許多垂直的峭壁或條狀的岩層。札格羅斯山主要由石灰岩與白雲石等堅硬的岩石組成，原本在岩石之外曾覆蓋一層又一層的泥土與植披，不過經過億萬年的風化之後，

黑海

高加索山

裏海

土庫曼斯坦

土耳其—伊朗高原

札格羅斯山

阿拉伯板塊

阿富汗

紅海

波斯灣

札格羅斯山脈圖。

札格羅斯山雪景，這座山由兩塊大陸擠壓而形成。

札格羅斯山下的庫德村落：庫德人沒有朋友，只有山。

詩想：看見邊緣世界的戰爭、種族與風土

較柔軟的泥土砂礫都已經灰飛煙滅了，只剩下裸露在外的堅硬石灰岩，以及少數終於克服堅硬岩石的孤樹灌木。

And from high up, I can see the white valley.

15 "A valley of plaster," I tell my sister.

The mule owner says: "It is snow."

騾子帶著他們一行人往上爬，愈是接近東邊伊朗邊境的山脈，高度愈高。然後，他們望見一個白色的山谷。或許哈帝曾學到「札格羅斯山脈主要由石灰岩（limestone）組成」，於是當她眼見一地白色，便驚異地告訴妹妹：「看，鋪滿一整個山谷的石灰。」（A valley of plaster.）。但騾子的主人說：「那是雪。」（It is snow.）小哈帝肯定是嚇了一大跳，因為逃難時還只是秋季而已，怎麼已經爬得這麼高，來到白雪皚皚的山巔上了！

But I cannot imagine being rescued from this rough mountain

only to walk over the snow, covering the river.

I cannot imagine listening to the rushing water

20 passing by holes where the river exposes itself.

他們已經爬上好高的山巔，溫度降至零度以下。若是此時忽然來場風雪，他們還能安然下山嗎？若是忽然跌落山谷，他們該找誰救援？若是忽然高山症發作，要如何吸入下一口氧氣？他們

不是專業登山隊，而是一幫老弱婦孺，而前行卻是必須披荊斬棘的登山路線，還必須抵抗低溫與崎嶮，慎防跌落。

生命如此卑微，讓她不得不也憂心起來。

除此之外，山中還有許多隱藏的危機，例如掩蓋在白雪下的河流、山洞裡湍湍的急流。一不小心，或許就此跌入深淵、摔入山洞。恐懼襲上心頭，她無法想像在這崎嶇的高山上，除了自己，還有誰能在最危急的時候給予幫助（I cannot imagine being rescued from this rough mountain）。內心除了焦慮不安之外，還埋藏許多憤恨不平。

為什麼庫德族人必須遭受伊拉克人的欺凌？

為什麼庫德族人不能有自己的土地、自己的國家？

為什麼庫德族人不能建造自己的家園、安居立業？

為什麼他們就是要把我們逼上梁山？

為什麼我們要由這麼危險的山路逃難？

為什麼山這麼高、這麼陡？

為什麼山神在這時候不多給我們一點憐憫？

這些難題，十四歲的小孩無法明白，大人亦然。

"You are too young to complain,"

the mule owner says,

and I look at my father, his little body,

and I listen to his difficult breathing,

25　But then again, he's been here before.

騾子的主人忍不住告訴哈帝：「妳還年輕，沒資格抱怨。」
（"You are too young to complain,"）

　　望著自己年邁的父親瑟縮著身體，艱苦地踩著每個步伐，還因為空氣稀薄，艱難地深深喘息。已經六十六歲的父親阿哈馬德·哈帝（Ahmad Hardi, 1922-2006）沒有抱怨，即使他已經不只一次帶著一家人由這條小徑逃難求生。

　　如果不是父親在災難前依舊珍愛生命，怎麼會有小哈帝的存在？如果不是父親在死神面前勇敢地面對危困，他們又怎麼還有機會再回到庫德自治區？只有存著希望才有重生的機會，若是能跨越這些艱難，一定還有機會遇見曙光，如同父親在離開之後再度回到他們的家園一樣，還孕育了兩個新生命——哈帝和她的弟弟，阿索司·哈帝（Asos Hardi）。

　　最終，哈帝一家人在度過重重難關之後，總算完成了他們的逃難的「聖戰」（jihad，阿拉伯文原意是「奮鬥」）。

　　至於對面的男孩呢？他去了哪裡？他怎麼失去手指頭？另一首詩〈入侵〉能為我們找到原因。

入侵

Invasion

Soon they will come. First we will hear
the sound of their boots approaching at dawn
then they'll appear through the mist.

In their death-bringing uniforms
5   they will march towards our homes
their guns and tanks pointing forward.

They will be confronted by young men
with rusty guns and boiling blood.
These are our young men
10   who took their short-lived freedom for granted.

We will lose this war, and blood
will cover our roads, mix with our
drinking water, it will creep into our dreams.

Keep your head down and stay in doors –
15   we've lost this war before it has begun.

　　這是一首非常絕望的詩。我們從很遙遠的他方閱讀這個故事時，雖然理性知道這是悲劇，但難以感同身受，時空的距離保持了閱讀上的安全感；然而，這卻是敘述者活生生面對的可怕事實。我們無法想像遠在距離約七千五百公里之外的庫德族人，到底要多麼堅強才能生活在槍桿彈藥的威脅之下。

Soon they will come. First we will hear
the sound of their boots approaching at dawn
then they'll appear through the mist.

In their death-bringing uniforms
5   they will march towards our homes
their guns and tanks pointing forward.

天剛亮，迎接庫德族人的一天不是朝陽，而是數百雙靴子步步趨近的轆轆聲響。很快地，軍人就會出現在眾人家門口，穿著一身即將帶來死亡的制服，行軍邁步直達庫德族人的家門，用長槍、坦克和大砲，直挺挺地對準。

They will be confronted by young men
with rusty guns and boiling blood.
These are our young men
10   who took their short-lived freedom for granted.

庫德族人並不打算輕易地投降，心中燃燒著滾滾炙火的年輕人一定會帶著生鏽的槍枝勇敢地站在長槍與坦克面前。他們無懼生命的短暫，以犧牲生命為己任，誓死保護愛人與家人。

We will lose this war, and blood
will cover our roads, mix with our
drinking water, it will creep into our dreams.

然而結局早已注定，這是一場失敗的戰爭，年輕人紅色的鮮血將流滿庫德街頭，隨著飲水悄悄進入夢中—— 被紅色鮮血染紅

的惡夢。

Keep your head down and stay in doors –
15　we've lost this war before it has begun.

　　大人催促小孩趕緊躲藏在安全的地方。這首詩以小朋友的口吻述說著記憶中的事件，小小年紀經歷悲觀絕望的事件，孩子眼睜睜看著勇敢的男性親人挺身而出，也看著他們的鮮血淌淌流出。這些鮮血流入泥土，灌溉了庫德族人的集體回憶，成為共有的潛意識。

對街男孩的命運

　　這些勇敢青年有些就此失去生命，有些就此失去一部分肢體。哈帝對街那位充滿熱情與夢想的男孩應該就是在護衛家人、注定失敗的戰役裡，被穿著死亡制服的伊拉克士兵奪去了手指。然而，在毫無希望的抗爭中保住生命，僅僅失去幾根手指，到底是幸或是不幸？

　　從此以後，對街男孩不再作畫，他對藝術的熱情包裹著對戰爭的憤恨，深深埋藏心底又不時被勾引出來，最後成了敏感易怒的暴躁男子。

　　如果，喬伊斯筆下的愛爾蘭年輕藝術家迪達勒斯（Daedalus）也有一樣的命運，必須站在前線以肉身阻擋戰車、必須眼睜睜看

著親朋好友在長槍大砲的無情射擊下應聲倒地，他還會有一樣的頓悟，在心靈上進入崇高的美學境界嗎？如果他也失去幾根手指頭、失去暢快書寫的能力，會不會也因為跨不過相同的肉體折磨、熬不過內心壓抑，逐漸變成另一位敏感易怒的青年呢？

戰爭最可怕的事情當然是死亡，而沒有死去的人必須面對絕望的未來，更令人難以承受。烙印在他們內心的傷痕記憶宛如哈帝所描寫：「和著血水的飲水，一起蔓延攀爬進入夢中。」如果庫德族人迎接的是一場不可能贏的戰爭，期待著再見曙光的人到底還有什麼選擇？

哈帝的另一首詩〈父親的書籍〉（"My Father's Books"）就以隱喻的方式，寫出知識分子在戰亂中的三種抉擇、三種命運的結局。沒有哪一種選擇是最好的或是最差的，戰亂中的每一種選擇都只是當時的不得不為，一旦選擇出現，命運也就緊跟在後。戰亂中的民族無論從哪個角度看來幾乎都是輸家。

閱讀這些故事時，我一直思考，為什麼人與人之間、民族與民族之間、國與國之間，都要以「兩敗俱傷，眾人皆輸」的方式製造衝突、解決衝突呢？

父親的書籍

哈帝優秀又特出的文藝基因其來有自，她的父親阿哈馬德・哈帝是一位學者，曾經任教於伊拉克庫德區的蘇樂瑪尼大學（The University of Sulaimani），專精於傳統的庫德、波斯及阿拉伯文

學。他也是一位備受尊崇的詩人，以庫德語撰詩，融合傳統與現代的庫德文化，為這個古老的語言創造出現代的文藝價值，詩風淡然憂傷，韻律優美。後人喜愛將他的詩譜寫入曲，輕輕歌唱。

　　年輕的哈帝深受父親影響，也喜歡以儉樸、淡雅、清幽的風格敘述家人與民族的故事。她的文字總是流露出對於家人顛沛流離的不捨、對於民族危機的憂傷。最讓我感動與敬佩的是她接受命運，並以自己的方式重新詮釋。

哈帝的父親阿哈馬德・哈帝

哈帝曾為她的母親寫了〈媽媽的廚房〉，描寫母親在戰爭時期仍希望傳承廚藝給女兒的叨叨念念；曾為兒女寫下〈我的孩子們〉，描寫在異國教育逐漸失根的孩子，深感無力與無奈。哈帝也為父親寫了〈父親的書籍〉，描寫災難來臨時庫德族知識分子的抉擇與命運，有些話不能直接說、有些事必須半遮半掩，於是這首關於知識分子的詩歌，便很隱晦地化身為一本本在父親書架上的藏書。

My Father's Books

It was autumn 1988
when my father's books dispersed.
One by one they came off the shelves.
Cleaned themselves of his signature
5   and grouped, choosing different fates.

The books with conscience divided.
The stubborn ones set themselves alight,
too rebellious in their objection
they chose death over a life in the dark.

10 The others preferred a hiding place.
Hoping to see the light again
they packed themselves into a luggage bag,
buried themselves in the back garden,

to be recovered many years later
15　crumpled, eaten by the damp.

The rest more suitable homes
where they wouldn't be abandoned again.
They shone on other people's shelves,
keeping their secret to themselves.

　　哈帝以擬人的手法寫下這首詩，融合哈帝老先生在現實生活裡的真實遭遇，也以不同類型的書籍影射知識分子在不同選擇下的迥異命運。

It was autumn 1988
when my father's books dispersed.

　　1988年，安法爾計畫的化武攻擊使哈帝一家人選擇逃離家園，在遠行前，老哈帝還必須安頓好兩千多本心愛的藏書。「書籍」在這首詩裡有兩層含意，第一層意義指的是書籍類型繁多、主題多元，暗示父親涉獵的知識又深又廣，傳達出他不只是學識淵博的專家，還是有理想的知識分子。
　　哈帝將這些書籍擬化成人，賦予生命與選擇權，讓他們選擇自己的道路，並描寫選擇後的歧異命運。這些反對伊拉克統治、誓師革命的知識分子，在化武毒氣攻擊之下不得不先選擇解散逃

逸。關於「解散」，哈帝所使用的字是 disperse，這個動詞能同時暗示許多現實。

首先，disperse 有驅散、疏散之意，指某個權力中心（例如警方或軍方）以命令或武力驅離沒有攻擊能力的群眾。這使人明白伊拉克與庫德族是驅趕與被驅趕的上下關係，以及雙方的權力差距懸殊，也大致窺見庫德民兵反抗軍的革命窘境。Disperse 還有另一層意義，就是在驅趕之後力量會疏散，甚至消失，讓人得以揣摩庫德族人面對伊拉克的毒氣屠殺時，有多麼絕望、多麼悲觀。

他們期待的屬於自己的國家，還有機會再創建嗎？他們好不容易團結起來的眾人之力，還有機會彙整嗎？

接下來，這些書籍（知識分子）因不同的安置，開展不同的未來與三種命運。

這首詩最奧妙的地方就在於，書籍的「兩種意義與三種未來」的層疊設計。

One by one they came off the shelves.

Cleaned themselves of his signature

5   and grouped, choosing different fates.

父親將這些藏書搬離書櫃，清除書上寫的真名實姓，再將這些書分門別類，重新安置。最突兀又駭人的詞句就是「清除自己的簽名」（Cleaned themselves of his signature）。革命時代，權力中心對於一個人是否有叛亂危險的認定，最簡單的判斷方法就是

他的思想。而思想的來由通常有二，一為書籍，二為團體——庫德解放運動（Kurdish liberation movement）。書籍（社團）、思想、姓名，三位一體，馬上可以判斷一個人是否為危險分子。在承平時期，「思想、書籍、姓名」對於知識分子來說，是累積許多努力才能達到的驕傲。但是在戰亂時期，任何一點透露出思想的線索都可能殃及自己與家人的性命。所以老哈帝在離開之前，必須謹慎地將兩千多本書籍上代表自己的符號一一清除。

　　保護自己的生命，也是所有庫德族知識分子在革命時期不得不為的行動。透過對書籍的分類與收藏，哈帝描述戰亂時知識分子遠走他鄉，如同書籍一本接著一本地離開書櫃（One by one they came off the shelves），都必須隱姓埋名、喬裝平民，隱藏心有異議的反抗身分。每個人因為信念的些微差異，產生不同志願、不同意向，也決定了天差地別的迥然命運（choosing different fates）。

　　所有抉擇都是知識分子自主、自由的意志，每種選項都是豪賭，輸贏的結果甚至是一家人的命運。哈帝此時使用的動詞為進行式choosing，深刻表現出「差之毫釐，失之千里」的命運賭注。

The books with conscience divided.
The stubborn ones set themselves alight,
too rebellious in their objection
they chose death over a life in the dark.

　詩想：看見邊緣世界的戰爭、種族與風土

父親的書本主要有三大類，根據內容涉及異議的危險程度區分（The books with conscience divided）。第一類書本傳遞著最前衛的思想或最真誠的革命理念，懷著濃烈的反叛異議，宛如一群最虔誠的革命烈士，是最容易暴露思想的書籍，於是老哈帝將他們付之一炬（set themselves alight），避免將來產生任何災禍。這類書籍象徵著最積極的行動革命家，他們懷有相同高度的抱負理想，不願苟活於亂世之中，固執地寧死不屈（to rebellious in their objection / they choose death over a life in the dark）。

　　哈帝在形容這些理想主義的革命家時，雖然為他們的固執與犧牲感到悲傷，卻同時讚詠他們的勇氣，彷彿火光為黑暗時期帶來光明的希望。以「黑暗」代表政治現實狀態，以「火光」代表革命精神，這樣的設計非常傳神，刻畫出那些衷心於付出生命的英雄模樣。

　　然而，如果最有理想的革命英雄都犧牲了，還有其他人可以帶領後輩完成革命建國的理想嗎？固執地犧牲生命或許不是最有建設性的革命方式，於是有一些知識分子選擇了第二類的命運。

10　The others preferred a hiding place.
　　　Hoping to see the light again
　　　they packed themselves into a luggage bag,
　　　buried themselves in the back garden,
　　　to be recovered many years later
15　crumpled, eaten by the damp.

庫德族人民自治軍，沒有整齊的制服，也沒有先進的武器。

第二類書籍當然也傳遞著思想與革命理念，不過，因為沒有太明顯的極端異議，應該不太容易引人注意，不至於馬上引起危險，於是老哈帝將他們捆綁打包（they packed themselves into a luggage bag），埋藏在後花園（buried themselves in the back garden），期待有一天危機過去再返家園時（to be recovered many years later），還有機會捧書回味。

　　這類書籍對應的革命鬥士們，名號不會過分響亮，沒有立即被逮捕或追殺的危險。或許他們沒有犧牲生命的偏執，認為留得青山在，不怕沒柴燒。或許有家人仰賴著他們生活，有後顧之憂，所以選擇先藏身暗處，在窮鄉僻壤隱姓埋名，暫時忍氣吞聲地低調生活，靜靜地等待機會來臨，繼續革命。

　　這些知識分子忍受著「黑暗」中的喬裝生活，默默期待著歷史中的「光明」再次到來。光明與黑暗的意象既彼此對應，也與前段的「黑暗與火光」相互呼應。這首小詩重複地以平行又垂直的方式，使光明與黑暗彼此呼應，對比黑暗的暴政時代與革命火炬的精神。無論革命成功與否，烈士與知識分子都代表光明與希望，無論他們最後的選擇為何，都值得讓後世在歷史中記上一筆，紀念並感謝他們的努力。

　　而第二類知識分子在度過黑暗時期後，有沒有契機與其他選擇呢？父親的第二類書籍埋藏地底下多年（to be recovered many years later），因為地底的潮濕沼氣而逐漸起皺斑剝、蛀蝕腐爛（crumpled, eaten by the damp.）。即使再回到家鄉、即使心中還有一樣的熱情，即使書籍被挖掘出來，還有多少內容能再閱讀？

哈帝顯然非常明白歲月的無情。在時間的前進之下，許多事物都以無法預期的方式不斷改變。時間會吞噬掉年輕時期的許多夢想、吞噬年輕人的青春勇氣。逐漸老去的身體可能再也撐不起偉大的夢想，關於實踐革命的希望也悄悄地被時間磨蝕壓轔，驀然消逝。偉大的革命家們被深鎖暗處數年後，有多少人能不被惡劣環境侵蝕理想？或許還有其他選項，也就是第三類知識分子。

The rest more suitable homes
where they wouldn't be abandoned again.
They shone on other people's shelves,
keeping their secret to themselves.

　　第一類的書籍已經付之一炬，第二類書籍被埋藏在後院，而第三類書籍則隨著父親遠離家鄉，寄居在別人的書櫥上。這些書安穩地站在他人的書櫥上（The rest more suitable homes），沒有遭受遺棄的危險（where they wouldn't be abandoned again.），還在他人的書櫥上光鮮閃耀，增添豐富的知識品味（They shone on other people's shelves）。

　　第三類書籍指的是逃至他鄉另尋生路的知識分子。他們認同「留得青山在」，將來有機會再回到家鄉貢獻理想、創造希望。獲得他國的庇護後，這些庫德族知識分子安然地站在新的土地上，無須擔憂迫害，也無須憂愁生命的安危；但是他們並沒有因此而感到安心和滿足，因為遠離家園之後，無論有多少成就非凡

的表現、如何大放異彩，都無法照亮深藏心底的黑暗。

　　失去國家與家園的苦楚無法為外人道，只能深藏心底，默默地等待、等待再等待。三種知識分子的選擇，沒有一種優於另一種，每一種都是冒險及犧牲。或許，我們以為第一種類型的知識分子拒絕躲藏於黑暗，犧牲最大。的確，他們生命的殞落是莫大犧牲，然而犧牲最大的其實是整個社會。這些以生命明志的知識分子自我燃燒、光耀一時，但是這股光芒曇花一現，宛如戰亂時期的絢麗煙火，很快又被黑暗吞噬殆盡。

　　第二類知識分子的身心在歲月的流轉裡一寸一寸慢慢衰敗，環境逐漸將崇高理想敲骨吸髓，原本心中燃燒的偉大志向消磨殆盡，再回頭已是壯志未酬、桑榆暮景，徒留遺憾。回想戰友的犧牲，望著年華老去的自己，嘆息時不我予。

　　然而，第三類遠走高飛的知識分子也籠罩在不同的折磨與犧牲裡，快快不快，例如哈帝一家雖然生活較為安逸，然而隱藏的光明種子卻無處播種，只能埋藏心底。假設種子可以傳遞給下一代，可以由下一代帶回家鄉，但下一代在他鄉要如何體會那些根植於家鄉的理想？哈帝的另一首詩〈我的孩子們〉就道盡了落腳他鄉的失根遺憾。

我的孩子們

My Children

I can hear them talking, my children,

fluent English and broken Kurdish.

And whenever I disagree with them,

they will comfort each other by saying:

5   Don't worry about mum, she's Kurdish.

Will I be the foreigner in my own home?

撰寫此詩時，哈帝已經在英國落地生根，也孕育了下一代。孩子由他們所受的教育、所感知的生活環境，逐漸形成自我認識與意識。這些在英國生活與受教育的庫德族小孩已經逐漸忘卻自己的家鄉、遠方的親人，還有母親曾遭受的災難、逃難至此的種種犧牲。小孩無心，卻最真誠地反應出現實情況。

哈帝聽見孩子們聊天，說著一口流利的英文，卻只能擠出一些破碎的庫德語。英語已經成了他們的母語；英國顯然已經是他們的母國。當這些小孩與媽媽有不同的意見時，他們會彼此安慰：「別擔心，媽媽和我們不一樣，她是庫德族人。」孩子們生於斯、長於斯，生活習俗，包括看法意見都在受教育的過程裡，同化成英國人的意識。

庫德族到現在還無法獨立建國，其歷史成因之一就是第二次世界大戰之後，英國與法國直接介入中東地區的版圖規劃。但英國接受了哈帝一家人的逃難，她的兒女已經認同英國。英國是敵是友？是侵略還是庇護？存在的矛盾落差何其大？

原本，失去國與家的哈帝幾乎成了失根的遊魂，或許曾經希

望在異地重新開始人生，在結婚生子後將理想播種於子女心中。但如今他們必須面對最殘酷事實——無法在子女心中種下庫德族的意識。於是，兩代產生隔閡，有了界線。

對於子女來說，庫德歷史成了傳說，英國才是他們的家，而生活在一起的母親則宛若局外人。

「我是家裡的外（國）人嗎？」這句話有雙面意義，首先，當然是自我調侃。兩個孩子雖然出生於娘胎，也生活在一起，但遇到意見不合就會找理由把媽媽隔在一邊，不把她當成一夥人。有什麼條件能輕易構成母親與子女間天然的界線，使孩子把最親愛的母親當成外人？答案是「種族」。

在沒有戰爭的國度裡，人與人之間沒有真正的致命武器，然而光是一個詞語就能成為致人無語的心理傷害，直接擊中內心深處不可觸摸的黑洞。

說一句「她是庫德族人」就是可怕的武器。

哈帝跟著父親從五千公里遠之外的札格羅斯山一路輾轉至英國倫敦，有著滿懷熱忱與理想，就算時光流逝，依舊存在。她與孩子之間的界線，牽引出內心深處的期待：「沒錯，我就是英國的外國人，我想回家。」

2004年，《我們的生活》這本書出版時，哈帝顯然已經在英國落地生根，也融入當地生活。但在意識裡，她的家鄉還是蘇萊曼尼亞，她的國家依舊是庫德斯坦，根本沒打算當英國人。

2014年，哈帝果然回到庫德斯坦，任教於伊拉克蘇萊曼尼亞的美國大學英文系。她現在已經是中東地區著名的詩人與學者，

研究女性、戰爭、種族、媒體、後屠殺經驗等，也繼續寫詩，新的英文詩集《想想女性》（*Considering the Women*）即將在2015年底出版。她以一枝筆讓世界認識庫德族、認識1988年的安法爾計畫、認識庫德斯坦、認識中東的女性。

她已經完成老哈帝的夢想：先從戰亂中逃難，只要能夠留下庫德知識分子的力量，總有一天，這顆種子一定會在某處再次生根發芽。

【附錄1】
庫德斯坦——伊拉克北境的庫德自治區

庫德斯坦雖然位於伊拉克境內，卻與伊拉克迥然不同。就像臺灣與大陸，可能在外國人眼裡都是「中國」，但雙方政府都獨立作業。庫德斯坦早就獨立於伊拉克的政治掌控之外，自成一國。

臺灣與大陸畢竟還是相同人種，官方語言也相同。伊拉克大部分居民是阿拉伯人，主要的語言是阿拉伯語，但是庫德斯坦自治區大部分是庫德族人，說庫德語，雙方無論是民族或語言都不相同，所以庫德族人極度渴望獨立，與阿拉伯人徹底切割。

庫德斯坦地區大約在1992年的波斯灣戰爭（Gulf War）之後，取得庫德族人在自治區裡的民主選舉權，不過一直到2003年，若不是有庫德族人的兩黨內鬥，就是來自伊拉克海珊的攻擊和屠殺，並沒有獲得建設國家內部的好機會。直到2003年，美國帶領

的伊拉克戰爭控制了海珊政權，庫德斯坦地區一方面受到美軍保護，另一方面也被劃入禁飛區，終於獲得喘息，取得國家經濟發展的良機。

今日，庫德斯坦已經是整個伊拉克地區治安最好、經濟發展最好的區域，既沒有戰爭，也暫時不受武力直接威脅。

庫德斯坦在2006年時，發現克爾庫克（Kirkuk）附近的油田，開始與其他國家訂定開採計畫，使得工業與經濟的發展獲得更大的資助。近幾年還鋪設油管，直接將原油輸出，送達土耳其，再運往其他歐洲國家。

石油為庫德斯坦帶來一筆很大的收入。目前，庫德斯坦的主要經濟收入來源有44%來自工業發展，48%來自服務業，只有8%是農業生產。到了2015年，官方統計的人均GDP有一萬一千三百美元，是一個欣欣向榮的經濟發展區域。

庫德斯坦的觀光業非常發達，有宜人的地中海型氣候，政治穩定、治安良好，漸漸成為中東地區觀光旅遊的選項之一，還在2014年贏得「阿拉伯地區之觀光首都」（the 2014 Arab Tourism Capital）的比賽。這裡不只有札格羅斯山區的天然景觀，還有豐富的帝國文化歷史遺跡，庫德斯坦首都艾比爾（Arbil，又稱 Hewlêr 修樂）就是個超級古城、超大古蹟。

艾比爾城塞（Citadel of Arbil）是一座屹立六千年的古城塞，歷經亞述帝國、巴比倫帝國、波斯帝國、奧圖曼土耳其帝國，直至今日也是現存最古老而且尚有人居住發展的都市之一。每個帝國、每次文明在此落腳就重新打造、更新建設，於是這裡成為一

艾比爾城塞全景，城塞比周遭地區足足高出三十公尺，是座融合現代建築的古老城市。

艾比爾行政區。

艾比爾城塞與城牆古蹟。

詩想：看見邊緣世界的戰爭、種族與風土

層又一層、疊疊而上的文化紀錄，每個轉角就可遇見一頁歷史。

　　這個城塞足足有三十公尺高，以壕溝與周遭地區隔絕，是戰亂時代的穩固要塞。進入城門前，首先映入眼簾的是巨大如城牆般的人像「伊邦・阿爾・慕斯陶菲」（Ibn al-Mustawfi, 1169-1239，原名Mubarak Bin Ahmad Sharaf-Aldin Abu al-Barakat Ibn al-Mustawfi）。他是十二世紀著名歷史學家，一位庫德族人，也是艾比爾人，寫文學也寫歷史，最偉大的著作就是四本一套的艾比爾歷史，此時艾比爾的歷史已經超過五千年了。

　　走進古老的城堡，可見泥牆砌成的老房子、古老清真寺、土耳其式的澡堂，還有古墓。最受旅客推薦的還有庫德織品博物館（Kurdish Textile Museum），可參觀古老的波斯地毯、紡織、服裝。另有一值得探訪之處是前文提及位在札格羅斯山區大札布河上游的山尼達山洞。1957年，哥倫比亞大學考古學者來到這個山洞裡，發現舊石器時代尼安德塔人（Neandarthals）。這次不只發現舊石器時代人類使用過的器具，也發現了十個人類化石、花瓣遺跡，顯示當時的葬禮儀式除了土埋之外，還會在周圍撒上鮮花，傳達情感與懷念。

　　接著，來到文化教育中心蘇萊曼尼亞，也就是哈帝居住的城市與任教的大學所在地。這裡的蘇萊曼尼亞博物館（Suleimaniah Museum）是伊拉克第二大的博物館，僅次於巴格達博物館，陳列許多由波斯帝國留傳至今日的藝術品，有許多三、四千年前的古老陶器、雕塑與織品等，訴說曾有的輝煌，也記錄曾兵革滿道的戰亂。

艾比爾城塞大門前的智者巨像：伊邦・阿爾・慕斯陶菲。

詩想：看見邊緣世界的戰爭、種族與風土

艾比爾保留的古城古蹟。

艾比爾城塞裡的傳統民宅。

在蘇萊曼尼亞還有一個令人震撼、非常特別的博物館，名為「安姆那蘇拉卡博物館」（Amna Suraka Museum，意思是紅色情報博物館），設館的目的是紀念在海珊統治時期被酷刑折磨致死的庫德族人。博物館前身是蘇萊曼尼亞的祕密情報局，1986年開始，海珊的安法爾計畫開始執行，透過情報局專門捕捉「思想有問題」的庫德族人，關入大牢，施加嚴刑拷打，逼問組織。

選擇留在家鄉的知識分子就得面對來自這個祕密組織的威脅，宛若明朝的東廠，可能被羅織罪名，逮捕入獄，面對永無止境的酷刑。哈帝一家人必須攜家帶眷地盡快逃亡，除了遠離化學武器攻擊外，也要逃出被特務包圍的危境。

博物館裡留下了關閉囚犯的牢房，還設置許多當時實行酷刑的真人比例模型，讓人看了怵目驚心、不可置信。

這些裝置藝術既是庫德族人的悲劇，也是庫德族人的共同記憶。正如同哈帝不希望在英國的兒女忘卻家鄉的一切，年長的族

生活在伊拉克庫德斯坦的孩童，災難之後還是要微笑地迎接重生。

人也不希望當代與後代的年輕人忘記曾經有過的悲愴歷史。紀念館陳列的悲劇，一方面紀念這些曾經以生命的火花照亮黑暗時代的庫德族烈士，另一方面肯定是想借古警惕，希冀未來不會有人犯相同的錯誤。

除了原本牢房裡的酷刑裝置之外，展覽館裡還有一條看起來非常華麗的鏡面裝置長廊，搭配許多小燈，彷彿黑夜中的星光點點，美不勝收。然而，一旦知道這個大型藝術品的來由，就會在霎那間非常感慨。

這個長廊的設立是為了紀念葬身在安法爾計畫化武屠殺的無辜居民。每一片破碎的玻璃片都代表殞落的生命，天花板上的每一盞燈則代表每個被炸毀的村落。閃耀的燈光與反覆折射在鏡子上的光芒照映著整個廊道，壯觀輝煌。

然而，一旦把這些光芒換成流滿鮮血、睜眼流涎的身體時，那種震撼真叫人不敢多想。人類一直很健忘，如果沒有這樣的紀念館，又如何提醒後人：野心欲望將帶來多大的創傷與悲劇。

文學與藝術有沒有更實際又看得見的建設性意義？哈帝的詩與安姆那蘇拉卡博物館都同時達到「記錄、轉化與警惕」的意義，由文學家與藝術家呈現「理解、原諒、包容」下的歷史，轉化為帶有美感的再思。最後，這些文字與藝術品彷彿一位人生導師，端立在眼前，溫柔地提醒人們：「悲劇，始於人性；但是人性也可以傾向謙卑、原諒與包容。」

註釋：

註一、英國南岸藝術中心，於1951年設立在英國倫敦的泰晤士河南岸。除了音樂、舞蹈、繪畫、雕塑類型的藝術、文字藝術（書寫），也包括在南岸藝術中心的展覽與收藏。其皇家節日大廳（Royal Festival Hall）的五樓有個「詩文館藏」（Poetry Library），專門蒐集自二十世紀詩人艾略特（T. S. Eliot）之後的重要詩文作品。

註二、庫德人渴望獨立，伊拉克庫德斯坦自治區已經有獨立運作的政府（庫德語網站：http://gov.krd/，英文網站：http://gov.krd/?l=12 ）。雖名為庫德斯坦政府，但實際上目前庫德自治區政府所管轄的區域，僅有在伊拉克境內的三個省分（艾比爾、蘇萊曼尼亞和杜胡克），而尚未與土耳其、敘利亞與伊朗等其他地區的庫德斯坦統一。

註三、根據美國中央情報局的世界各國紀實概況（CIA Factbook）在2014年公布的統計數字，在土耳其境內大約有一千四百五十萬庫德人，在伊朗有六百萬人，伊拉克有大約六百萬人，敘利亞則有將近二百萬人，總計將近有二千八百萬庫德人住在札格羅斯山區。資料來源：https://www.cia.gov/library/publications/resources/the-world-factbook/ 和 https://en.wikipedia.org/wiki/Kurdistan。

註四、詹姆士‧喬伊斯是二十世紀初期的愛爾蘭作家。他於1922年出版的《尤里西斯》（Ulysses）被列為二十世紀百大小說之首。這本書有著獨特的書寫方式，鉅細靡遺地描述腦內思緒遊走的路徑，即為意識流小說。在喬伊斯出版《尤里西斯》之前的一本小說，是1916年所發行的《一位青年藝術家的畫像》，也是《尤里西斯》的前身，列於二十世紀百大小說第三。主角史蒂芬‧迪達勒斯（Stephen Dedalus）是個情感細膩的男孩，故事也是以意識流描述他由童年至成年，在精神上與創作上的蛻變與成長。世紀百大小說資料來自藍燈書屋（Random House）：http://www.modernlibrary.com/top-100/100-best-novels/

Part Two

種族歧視

渥雷‧索因卡（Wole Soyinka）——
倫敦的紅色電話亭

假若有一天，不同膚色的人、不同民族之間，都能一樣友善與好客，才有機會認識自己，也認識他人。

諾貝爾文學獎得主：渥雷‧索因卡

　　本篇介紹的詩〈電話交談〉（"Telephone Conversation"）是一首與膚色有關的詩，作者是1986年的諾貝爾文學獎得主渥雷‧索因卡（Wole Soyinka），他也是第一位獲得此項殊榮的非洲人。

　　索因卡出生於1934年，出生地是奈及利亞（Nigeria）西南方奧貢州（Ogun）的省會奧貝爾庫塔（Abeokuta），距離幾內亞灣不遠。當時，奈及利亞由英國統治。

　　索因卡的父親是英國國教的牧師，也是奧貝爾庫塔區聖彼得小學的校長；母親從商，擁有一間小店鋪，積極參與女性團體與政治活動。索因卡先在奧貝爾庫塔接受完整教育，大學主修英國文學，也學習希臘語及西洋歷史。1953～1954年間，他在依巴丹大學（University College, Ibadan）就讀時，開始撰寫廣播劇《凱菲的生日凶兆》（*Kaff's Birthday Threat*），並於奈及利亞廣播公司播送。

　　1954～1957年，索因卡前往英國的里茲大學（University of Leeds）主修英國文學。畢業之後續留里茲，希望能更深入研究西方戲劇，運用西方戲劇技巧融合自身文化傳統，創造出更新的作品。

　　1958年，索因卡出版《沼澤地的居民》（*Swamp*

年輕與年老時的索因卡

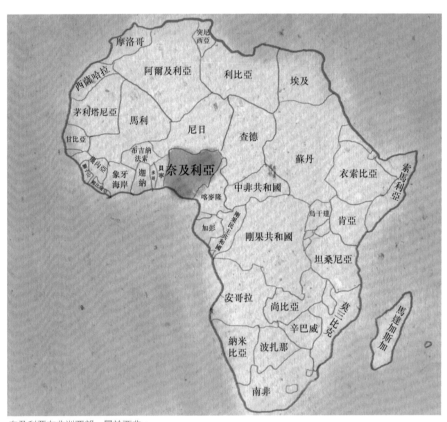

奈及利亞在非洲西部，屬於西非。

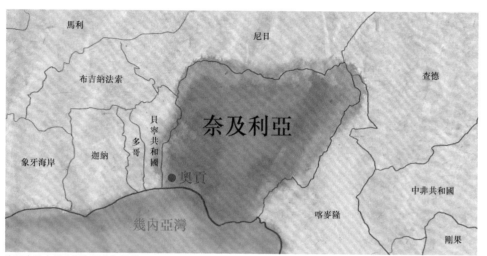

索因卡的家鄉奧貢臨近幾內亞灣。

Dwellers），翌年推出《獅子與寶石》（*Lion and Jewel*），深受讀者喜愛。之後移居倫敦，繼續創作，擔任皇家宮廷戲院（Royal Court Theatre）的戲劇研究編寫員（dramaturgist）。

奈及利亞於1960年脫離英國政權而獨立，索因卡正好獲得一筆獎學金，回到祖國學習非洲戲劇，也在依巴丹等大學教授文學與戲劇。他同時積極地參與政治活動，抨擊聯邦政府刻意竄改選舉結果。此舉引起執政黨極度不滿，於是羅織罪名將他逮捕入獄。獄中兩年，索因卡開始專注寫詩，出獄之後集結成冊，即為《獄中詩抄》（*Poems from Prison*）。

年紀輕輕的索因卡有很清楚的創作方向，創作目標也相當明確，早已經設定了新穎的創作視角：將歐洲古典的戲劇理論結合非洲傳統的尤汝巴文化註一，開創全新的戲劇路線。他的創作能量高漲，《沼澤地的居民》和《獅子與寶石》都能在家鄉的依巴丹劇院上演，掌聲不斷，這對於一個才二十五歲的年輕人來說，是非凡卓越的表現。 顯然，膚色並不能決定一個人的成就，夢想與努力才決定了他的未來。

〈電話交談〉這首短詩撰寫於索因卡寓居英國期間（大約1958年），描述透過公用電話與未曾謀面的房東太太溝通租賃的過程，展開了一段關於膚色的辯論，提醒著每個人「膚色與人的內在沒有任何因果關係」。假若在看見顏色之時即不加思索地評價，不只彰顯自己受到膚色價值制約，還可能因為這樣的淺見反遭汙辱。

電話交談

Telephone Conversation

The price seemed reasonable, location
Indifferent. The landlady swore she lived
Off premises. Nothing remained
But self-confession. "Madam," I warned,
5   "I hate a wasted journey—I am African."
Silence. Silenced transmission of
Pressurized good-breeding. Voice, when it came,
Lipstick coated, long gold-rolled
Cigarette-holder pipped. Caught I was, foully.

10   "HOW DARK?".... I had not misheard ...."ARE YOU LIGHT
OR VERY DARK?" Button B. Button A. Stench
Of rancid breath of public hide-and-speak.
Red booth. Red pillar-box. Red double-tiered
Omnibus squelching tar. It was real! Shamed
15   By ill-mannered silence, surrender
Pushed dumbfounded to beg simplification.
Considerate she was, varying the emphasis—

"ARE YOU DARK? OR VERY LIGHT?" Revelation came.

"You mean—like plain or milk chocolate?"

20　Her assent was clinical, crushing in its light
　　Impersonality. Rapidly, wavelength adjusted,
　　I chose. "West African sepia"—and as an afterthought,
　　"Down in my passport." Silence for spectroscopic
　　Flight of fancy, till truthfulness clanged her accent

25　Hard on the mouthpiece. "WHAT'S THAT?" conceding,
　　"DON'T KNOW WHAT THAT IS." "Like brunette."

　　"THAT'S DARK, ISN'T IT?" "Not altogether. "
　　Facially, I am brunette, but madam, you should see
　　The rest of me. Palm of my hand, soles of my feet

30　Are a peroxide blonde. Friction, caused—
　　Foolishly, madam—by sitting down, has turned
　　My bottom raven black—One moment madam!"—sensing
　　Her receiver rearing on the thunderclap
　　About my ears—"Madam," I pleaded, "wouldn't you rather

35　See for yourself?"

　　　詩，常常讓人有距離感，更何況英詩，但只要把詩還原成故事，把濃縮的文字放回詩人寫作當下的情境或心情裡，自然能夠輕易地解開這些文字之間隱藏的涵義。而且因為索因卡擅長使用戲劇技巧，於是閱讀〈電話交談〉就沒想像中的困難。詩中的對

話非常鮮明，只要先進入這首詩撰寫的時空環境，就很容易明白故事的內容，還有隱藏的批評與暗諷。

故事得由索因卡大學畢業之後，在倫敦尋屋與租屋開始談起。1958年，他二十五歲，剛完成里茲大學的英國文學學位，還有許多夢想，決定留在英國繼續創作，不管是寫劇本或是寫詩都行，只要能留下來，只要能和倫敦前衛的文藝菁英一起工作，就算生活條件不佳也無所謂。詩文是這樣開頭的：

The price seemed reasonable, location

Indifferent. The landlady swore she lived

Off premises. Nothing remained

But self-confession. "Madam" , I warned,

5　　"I hate a wasted journey - I am African."

這一天，索因卡正要找尋一個新的租屋之處，穿越左鄰右舍，走過大街小巷，總算找到一則符合需求的租屋訊息，房租價格合理（The price seemed reasonable），雖然地點普普通通（location indifferent），但是無需與房東同住（The landlady swore she lived / Off promises.），是再好不過的選擇了。只剩最後一件事：他必須誠實（Nothing remained / But self-confession）。

要對什麼事誠實？為何他需要事先向房東坦承？這說明他在此之前一定已經有過多次租屋經驗，因為沒有事前向房東說明清楚，導致臨門一腳、功虧一簣。

對於有遠大夢想的索因卡來說，租屋不過只是留學過程裡的一樁小事，最好早點塵埃落定，所以他決定向房東「坦承」或說「告解」（confession）。

此時，他到了一個小小窄窄的紅色電話亭（red-booth）裡。紅色電話亭具有什麼特殊的意義？

六○年代的人想找房子若不是看報紙的分類廣告，不然就得仰賴公告欄，隨後還得上街打電話。那時候的電話尚不普及，也不是家家戶戶都有能力購買電話機。

當時的人肯定難以想像，五十多年後，因為網路的發達，人類生活竟然可以獲得如此巨大的改善。現在不只家家戶戶有電話，幾乎人人都擁有手機，甚至可以不靠電話聯繫，只需連接上網就能線上看屋。

當時的公共電話可謂是前衛的高科技產品，而紅色電話亭更代表著當年英國在國際上的重要角色。

英國的紅色電話亭由二十世紀著名的建築師吉爾‧吉伯特‧史卡特爵士（Sir Giles Gilbert Scott）設計。這款代表英國標記的紅色電話亭，之後陸續設置在幾個英屬殖民地，例如直布羅陀群島、馬爾他島等，也包括香港。

近代，許多藝術家特別喜歡以紅色電話亭做為復古的模仿對象；也有不少藝術家喜歡將史卡特爵士設計的各代電話亭當成裝置藝術的主角。

英國紅色電話亭的電話設備與外殼設計，歷經好幾代修改與調整，從K1到K100，其中最常被模仿、最受喜愛的是K6。電話亭

如同今日的 iPhone 或 iPad 一樣，每隔幾年或幾個月就更新內裝與外殼，除了顯示不同時期的科技運用程度，也代表各時期的生活需求與藝術風潮。

紅色電話亭受到重視的原因，是它代表英國在帝國時期的豐功與風光。在第二次世界大戰之前，英國是世界第一大國，屬地遍布全球，以「日不落國」的稱號聞名，向五大洲輸出語言、文化、科技與意識。直到今日，許多地方還遺留著英國帝國時期的英姿。

相對於英國人，被殖民國家的人民對英國的感受就不是偉大與美好，反而是壓迫、蔑視與奪取，這也是索因卡在紅色電話亭裡的親身經歷。

告解的寓意

在窄小的紅色電話亭裡，索因卡決定 confessioin，翻譯成「坦承」是客氣的用法，另一個意思是「告解」，意義相當沉重，既是嘲諷、譏笑，也是抗議、控告。

在歐美文化裡，「告解」隱含著數種文化意義。

天主教或基督教的傳統裡，「告解」若能成立，暗示著四個同時存在的條件：1. 告解亭（場地），2. 牧師（聽者），3. 告解者，4. 有罪；由此四點應該能讓人理解「告解」這個詞彙的隱喻諷刺。

前文所提的紅色電話亭代表英倫風情與英國的盛大，然而認

倫敦街頭典型的K6紅色電話亭與小廣告撕條（圖右電話側邊）。

識歷史之後，即發現電話亭隱藏的是大英帝國的殖民野心與掠奪歷史。索因卡說：「我就躲在這小小的紅色電話亭裡，準備給房東太太來個告解。」電話亭象徵著神聖的告解亭，聽者是房東太太，告解的理由是「有罪」。

這個想租屋的非洲青年犯了什麼罪？

人們需要告解，通常是因為有「不可告人的祕密」，而且祕密通常與道德問題有關。當人做了缺德的事情，因為熬不過內心的譴責，所以必須到教堂向高高在上的神表示懺悔。當良心的譴責太過強烈，這個罪人決定進入告解室，躲在紅色布幔裡（參考106頁圖），向上帝在世上的代理人（通常是神父）坦承自己缺德的罪行，並且請求原諒，希望能全然釋放罪孽。

如果將這個神聖的告解場景對應索因卡在電話亭裡的現實，一定會發現其中許多不合理的條件，營造出事件的荒謬與可笑的程度。

索因卡有必要告解嗎？難道他有罪？他的租屋行為牽涉什麼道德問題，所以一定得向房東太太坦承說明？再者，他需要為他的罪行譴責自己嗎？

聽取告解者（房東太太）有什麼樣的神聖地位，可以坐在電話的另一端聽取這位非洲青年告解，並且有權力「原諒」他的罪？

顯然，由房東太太的角度來看，索因卡的確有「罪」。

因為，他是黑人。

利用「告解」這樣的詞彙，索因卡已經悄悄地讓讀者開始

思索膚色所引發的問題。我們都知道膚色是天生的，沒有人需要為自己的外在（包括高矮胖瘦美醜等）擔負任何罪惡感。只要是天生的就是天賦（the God given），有何罪過可言？我們也都清楚，身體髮膚與人的內在智慧、德行沒有直接的關連。所以僅用身體的模樣就粗略地判斷一個人的全部，這樣的結論肯定是「偏見」。

雖然大多數人都明白不可以貌取人，但是在日常生活中是否真能理智地控制本能、謹慎地制伏由潛意識裡冒出的偏見，則又是另一回事。

一般人仍然習慣以容貌、裝扮、車房、頭銜等外在表現，決定與人相處的態度。

以貌取人的傲慢無知

索因卡透過「黑人向房東太太告解」，赤裸裸地呈現出隱含膚色偏見的悲劇。以貌取人很容易造成誤會，不只讓他人感到難堪，也讓自己落入可笑的無知中。第一重無知是誤將人的外在視為判斷基準；第二重無知則是不知道自己竟有第一重無知，還自詡善於識人，沾沾自喜。

這個故事的可悲之處不在於房東太太錯誤的視人標準，而在她不自知的無知，還將這樣的無知當成傲慢，因為她相信自己比電話另一端的黑人優越。

今日社會上，這類傲慢之人普遍存在於生活周遭，不少人毫

有紅色布幔的傳統告解亭。

不自知、積非成是，使傲慢的文化誤會更根深柢固。

當索因卡隱隱點出房東太太的雙重無知時，這一計當頭棒喝使人忍不住想反省自己，是不是也落入雷同的「文化傲慢」與「不自知的無知」。

我們如何看待來自印尼、越南、菲律賓的移工？如何對待來自南方國家、遠嫁來臺的新娘？幼兒園是否願意聘請黑皮膚或黃皮膚的外籍教師？服裝型錄是否願意多以臺灣人當作範例？我們都知道這就是目前的社會現象，許多人避諱談論的種族歧視問題，真實存在。

膚色原罪與良心譴責

不只歧視者會有不自知的文化傲慢，有些被歧視者也會不自知地陷入「膚色原罪說」。索因卡想租屋，於是決定告解，因為他明瞭黑人的身分容易遭到對方拒絕。這段陳述隱約呈現「良心問題」的意識陷阱。

所謂良心問題的意識陷阱就是──有些人會在不自覺的情況下崇拜淺膚色，而厭惡深膚色的人。在膚色原罪說的潛意識裡，不只是淺膚色的人（例如白人，或是相對於東南亞人膚色較淺的我們）自認高人一等、優秀強勢，而深膚色的人也會不自覺地低頭默認、自慚形穢。

當人不自覺地低頭默認時，就落入膚色原罪說的意識陷阱，接著讓渡許多權力和特權給淺膚色的人。例如臺灣有一種普遍的

「我是奈及利亞人，我想教英語，有幼稚園教師執照，可以嗎？」（設計對白）

現象，幼稚園裡的外籍白人教師薪水總是高於臺籍的英語教師，更高於臺籍的正規幼兒教師。這是很不合理的現象，卻被視為理所當然、不需要再評估，粗糙地以膚色決定了個人的價值。

索因卡藏在「告解」裡的提醒，呈現出雙重的「不自覺意識」：淺膚色人種自認高人一等，深膚色人種自認低人一等（當然不是人人如此，這裡指的是普遍的成見）。

僅僅只是膚色的差異而已，哪裡有原罪？為什麼需要低頭？怎麼會有良心譴責？

如果黑人不該被譴責，誰該被譴責呢？透過良心譴責的隱喻，夾雜著嘲諷，索因卡巧妙地轉移了該被譴責的對象。

虛偽的神聖

　　閱讀時，我們習慣跟著主角的意識前進，在這個故事裡的告解者是索因卡，於是我們很習慣地將告解者與受良心譴責者都設定為詩人；然而，這個充滿「嘲諷」口氣烘托的詩文，果真是想描寫一個倒楣的黑人應該遭受譴責嗎？到底是誰該有良心問題？誰又該受到良心譴責？由紅色電話亭這個場景和告解的提示，該被譴責的主角隱隱若現。

　　英姿煥發的紅色電話亭代表既優雅又威風的英倫風情，但「火紅」的顏色除了表現風格與熱情之外，也能代表鮮血。威風凜凜的紅色電話亭表面上是偉大帝國的象徵，但更代表侵略與殖民。

　　曾經染過殖民地人民鮮血的紅色電話亭喬裝成神聖的告解亭，鮮血與偉大間的落差，凸顯出電話亭承受不起的「神聖」。當自以為神聖的傲慢房東太太高高在上地躲在電話另一端聽取索因卡告解時，便呈現出她的無知，以及滋養此意識的帝國主義的頹敗。

　　說索因卡透過紅色電話亭恭維大英帝國，不如說他以此調侃並消遣「膚色高貴論」，若在「虛偽神聖」的電話亭裡真有譴責良心的問題，對象不該是卑微的告解者，而是自以為是的房東太太。電話亭根本是殺戮與掠奪的隱形符號，代表英國人該為過去的殖民侵略向其他民族懺悔，而不是由一位想自力更生的年輕人向英國大媽告解。

黑色有幾種？

到底英國大媽願不願意將她的房子出租給這位誠懇的青年？

索因卡已用諷刺的口吻警告（I warned）房東太太，「嘿，我可是非洲人喔」，故事是這樣繼續的：

Silence. Silenced transmission of
Pressurized good-breeding. Voice, when it came,
Lipstick coated, long gold-rolled
Cigarette-holder pipped. Caught I was, foully.

在無聲靜默中，關於這位女士的背景隨著電話線默默地傳過來了。她可不是一般市井小民，而是位受過教育、教養良好、家境富裕的婦女。索因卡聽到聲音與口氣就揣摩出這位房東夫人的模樣——雙唇豔紅（lipstick coated）、口中叼著濃郁的雪茄煙（cigarette-holder pipped）、金色長柄的煙管（long gold-rolled）銜在又長又白的指尖上，那五顆小巧指片可能還印著與唇膏一樣的豔紅。

只是，為什麼她乍聽見「我是非洲人」這句話就靜默了？因為發現與她說話的人竟然是粗鄙的非洲黑人（Caught I was, foully）之後，她內心莫名的噁心洶湧地翻滾著，厭惡與不屑排山倒海而來，只能強忍內心的不悅（pressurized good-breeding），思索著合適的回應方式。

她終於開口，僅僅兩個字，聽起來卻彷彿經歷百年的沉思，再找不到更合適的禮儀、更合宜的字眼後，不得不吐出的唯一問法。她壓低聲音，以仕女的教養強忍著內心的嫌惡才說出：「多黑？」全部大寫的文字也顯示房東語氣的強烈。

10　　"HOW DARK?"...I had not misheard...."ARE YOU LIGHT
　　　OR VERY DARK?" Button B. Button A.

索因卡不可置信，聽見有教養的房東太太提出了這樣無理的問題（I had not misheard）。接著，她繼續機械化地質問：「是淺黑色？還是很黑？」（ARE YOU LIGHT / OR VERY DARK?）。索因卡內心的直覺反應像他看到的電話按鈕，是B？還是A？

什麼是B按鈕和A按鈕？回到二十世紀的五〇年代，看看當時的電話亭就能明白。

當時的電話除了話機本身之外，還有一個投幣箱，上面有兩個按鈕，一個是圓形A，另一個是方形B。打電話時拿起上方的話筒，投幣、撥號、等待，等確定接通成功，按下A按鈕，錢幣落下後就可以開始通話。

如果對方沒有接起電話，或是發現打錯電話，可以不按A按鈕，直接掛掉，接著按下B按鈕，退錢取回。當時的小朋友如果到電話亭裡頭按下B按鈕，幸運的人可以獲得忘記被取走的零錢，雖然是區區兩毛錢，也能買個糖果解饞。

面對黑色的電話與黑色的錢幣桶，索因卡之所以惱怒，就是

因為他發現話筒另一頭那位受過教育的中產階級白人婦女，對於有色人種的認識竟然如此無知與單薄，想簡單地以深黑或淺黑劃分所有黑色人種。

黑與白之間到底有多少種顏色呢？世界上到底有多少有色人種？黑色的電話可以簡單地以兩個按鍵劃分為收錢與退錢。人呢？也可以簡單地以兩種顏色劃分成深色與淺色、接受與拒絕？

當黑人被簡化成「黑色話筒」，這位受過教育的白人婦女已經不自覺地「物化」話筒另一端的非洲人。

詩文並列「多黑？淺黑還是深黑？」以及索因卡的「A按鈕、B按鈕」，便呈現出當時種族歧見的嚴重程度。

在六〇年代的英國，即使是有教養的婦人竟也毫無仁心、無法自拔地顯露出對於黑人的嫌惡與誤解，對於「非白人種」只有物質性的兩種認識，完全無視有色人種也是人，也有智慧、有希望、有著無以計數的內在差異，更別說能有意識地尊重黑人的主體意識、道德良知、聰穎智慧等。

即使已經過了半世紀，這樣的歧視依舊存在，不只歐美，包括亞洲都有因為膚色族裔而產生的衝突。

沒有髒話的憤怒

索因卡無法置信，憤怒至極，但為了表達他有文化，也是受過高等教育的知識分子，所以用隨手可得的意象，表達了他內心的熊熊怒火。

Stench

Of rancid breath of public hide-and-speak.

Red booth. Red pillar-box. Red double-tiered

Omnibus squelching tar.

　他先數落這個象徵大英帝國的電話亭，充滿噁腥餿臭（Stench / Of rancid breath）；其次，嘲笑充滿設計感的電話亭不過是兒童捉迷藏的地方，調侃人躲在電話亭裡說話（hide-and-speak）的模樣就如同小孩在玩捉迷藏（public hide-and-seek）一樣。

　這位有文化的青年人一點兒也沒有洩出對於房東太太的怒火，巧妙地以顏色表露心情：紅色電話亭、紅色郵筒、紅色雙層巴士（Red booth. Red pillar-box. Red double-tiered / Omnibus.），夏日火紅的豔陽高照，看著這些紅通通的大英帝國創造品，愈看愈是憤怒！紅色雙層巴士還惡狠狠地壓輾過被晒得熱氣沖天的瀝青柏油（squelching tar）。重重熱火交互重疊，詩人暗示自己的憤怒猶如即將爆發的火山。

　黑人豈是野蠻民族、無禮之人？透過對於憤怒的描繪，索因卡呈現出一個有趣的畫面：理性文明的優雅黑人默默地吞下悶氣，另一端受過教育的白人婦女則高傲地張揚她的種族歧視觀念。

　即使心中已經燃起騰騰的憤怒之火，索因卡仍按兵不動，他要再次確認是否真的遭受羞辱，避免誤會。

充滿帝國意象的紅色電話亭與大笨鐘。

詩想：看見邊緣世界的戰爭、種族與風土

It was real! Shamed

15　By ill-mannered silence, surrender

　　Pushed dumbfoundment to beg simplification.

　　Considerate she was, varying the emphasis-

　　"ARE YOU DARK? OR VERY LIGHT" Revelation came.

　　果然，這是真的（It was real!），或許索因卡還特別捏了捏自己的臉頰，發現確實會疼。文化與種族的歧視與傷害，即使沉靜無聲（Shamed / By ill-mannered silence），詩人卻猶如被狠甩了一巴掌。他一直耐著性子，強忍羞辱（surrender），假裝投降於高尚文明的白人太太，但是被逼迫到如此困窘又令人咋舌的境地（Pushed dumbfoundment），他自覺還是應該有所做為。

給白人太太的啟示

　　索因卡先懇請房東太太再一次以淺顯易懂的方式說明剛剛的問題（beg simplification）。房東太太顯然未察覺自己的無禮，自以為相當體貼（consideration），所以特別為這位來自南方的黑人換了更簡單、更有重點的問話方式（varying the emphasis）：「你深黑？還是淺黑？」（ARE YOU DARK? OR VERY LIGHT?）

　　這一字一句聽在索因卡的耳朵裡，萬分刺耳，於是決定給這位喬裝溫情的白人婦女一點教育，賜給她一些啟示（Revelation came.），為她揭示真理。

「啟示」這個詞彙也充滿寓意，與「電話亭的告解」相互呼應，營造出一股濃濃的宗教意味，並暗示以其人之道還治其人之身。不過在理解詩中「啟示」的意義之前，最好先認識文字與文化的關係，以察覺詩中用詞的心機與策劃。

　　許多大家早就明白的詞彙其實都藏有更細微的邏輯思路，只要透過文字進入文化的內部，就能找出堆砌文字的意識型態、動機與目的。

　　作者（創作者）都有意識地刻意堆疊、安排文字。文學、藝術或是電影的研究，則好比是文科生的「顯微鏡探索」。

　　閱讀者（觀察者）把已經發現的文字詞彙或是視覺符號，放在文化向量裡比較觀察，然後發現某種特殊的「葉脈」，連結其他的文化符號，組織成鮮明豐富的畫面，烘托出作品裡的特殊目的，為看似平面的作品創造出深度與厚度，衍生與文化接壤的更多故事，甚且揭發隱藏在這些文化裡的人性與生命智慧。

　　由「文字符號觀察家」的角度來看，還能解答「為什麼學好英文，不等於具有國際觀」的問題。如果人無法理解文詞背後的文化，沒有進入屬於不同國家與不同世界的文化意識裡，自然無法理解生活在不同文化處境裡的人。但即使一個人沒有高超的語言能力，卻始終對於世界抱持著高度的好奇心，願意感同身受，雖然有語言障礙，也不會有國際觀的侷限。

　　文化，是進入另一個國家的橋梁；同理心，是進入另一個世界的方法。

　　啟示有三個條件。首先，啟示就是揭示真理、真實或是神的

存在、神的智慧。第二，智慧或真理並非來自一般人類的靈感，而是來自神、上帝或其他形式的超自然力量，有神學與精神的高度。第三，神揭示真理通常透過與凡人溝通的方式，可能是直接現身告知（極為少數），或天使在耳邊輕呼，或通過先知的意識。

在這個「啟示的場景」，索因卡不再是個囷於電話亭的困獸，他能接收最高智慧與真理，所以昭示的內容肯定超越凡人所知。

而談到啟示，神很少現身於世人的眼前，所以凡人頂多聽得見來自神的聲音，卻見不到神的形體。對應到索因卡與房東太太的現實狀況（她僅能由話筒聽到索因卡的聲音），就會發現詩人悠遊文化的靈巧、使用語言的機伶。

索因卡不只把自己放在先知的地位，甚且是更高的上帝視角，在這個溝通的意象裡，西方白人的高度被完全顛覆，有智慧又講真理的「神」是個黑人，房東太太則成了無知的平凡人類。

顏色的漩渦

索因卡打算慢慢地啟發與引導，讓白人太太能夠真正地領略關於人的道理。

"You mean- like plain or milk chocolate?"

20 Her assent was clinical, crushing in its light

Impersonality. Rapidly, wave-length adjusted
I chose. "West African sepia" and as afterthought,
"Down in my passport."

　　索因卡的反攻技巧相當高明，有著東方太極的基調：先迎合再順勢，最後反擊。配合房東太太的無禮問題，「深黑還是淺黑」，將自己也物化為來自非洲的美味甜點，另外再提出房東太太一定認同的反問：「您說是原味巧克力？還是牛奶巧克力？」（You mean--plain or milk chocolate?）

　　房東太太不自覺地跌入索因卡默默架好的陷阱裡，完全沒有發現自己處於下風，還理所當然地以「冷靜客觀」（clinical）之態，高調回答「是」，冷酷到幾乎不帶人性，毫無情感可言（impersonality）。

　　這裡所謂的「冷靜客觀」直指十九世紀後期到二十世紀初期歐洲盛行的社會達爾文主義，打著「物競天擇，適者生存」的科學旗幟，嚴辭義正地侵略他國，認為人只是一種生物性的存在，生與死彷彿只是開機與關機，絲毫沒有倫理道德、心智與情感。索因卡沒有任何激情的抱怨、抗議或責罵，僅淡淡地以clinical及impersonality兩個詞彙，嘲諷西方人竟然如此荒謬地信仰並且實踐社會達爾文式的種族主義。

　　反擊之姿準備好，索因卡迅速地（rapidly）調整腦袋裡的黑白漸層色卡（wave-length adjusted），然後決定（I chose）告訴房東太太：「西非絮黝 註二。」（West African sepia）

黧黝是什麼呢？

中文字有部首引導字義方向，能揣測「黧黝」所代表的意思，若只聽到發音，大部分人無法在口語對話的時候馬上意會到詞意。對房東太太來說，sepia 聽起來就是這麼一個怪字，明明是英文，但她就是想不到到底是哪個字，或許她在莎士比亞的劇本裡曾經看過這個字，但那是中學的讀本，豈是熱衷社交活動的中年婦女能記得的。

索因卡繼續補充說明：「護照上登記的。」（Down in my passport）。這個附加說明有兩層意義：第一，表示 sepia 不是索因卡因為不懂而講錯或瞎編的詞彙，這可是登記在官方護照上的用詞。第二，強調「護照」的目的，代表這位年輕人是合法入境，而不是逃逸偷渡的非法移民。

此處不直接回答「原味巧克力」或「牛奶巧克力」是有原因的。

索因卡用的「黧黝」，看起來不過是另一種黑，事實則不然。短短五個字母力道十足，不只彰顯他的黑人主體意識，同時羞辱房東太太。

當房東太太給他A或B選項時，即意味著她認為電話另一端是弱勢的南方小子，肯定沒受過教育，八成是個低階勞工，所以需要聰慧高位者給予指導與教育。通常，父母或師長常常在對話中提供選項，讓不知道如何回答的人至少有幾個選擇。

索因卡想以「黧黝」這個字讓房東太太明白：「我可不是您想像的那種沒有文化、沒有知識的南方窮小子，我不只懂英文，

而且懂得可能比您還多，實在輪不到您費神來給我指點！」藉此提醒房東太太注意言行，話筒另一端的不是可以隨便欺凌的黑人勞工。

黑色調色盤

顯然，高傲的房東太太似乎已經察覺出電話彼端的挑釁語氣。這是她始料未及的發展，於是反應得有點措手不及。

房東太太忽然間沉默無聲，因為她已經被「鵁黝」一詞嚇著了，一個她聽也沒聽過、想也想不出來的字，最令她意外的是，這個字竟然由她瞧不起的南方黑人口中說出。她不知不覺地失神在顏色光譜的幻象世界，思索字詞所代表的確切色卡（spectroscopic / Flight of fancy）。

詩句剛開始，索因卡基於禮貌先告知房東太太「我是個非洲人」時，當時她也是一陣沉默。就在那一刻，索因卡馬上意識到，這位房東太太與之前遇過的房東都一樣鄙夷黑人。他描述當時靜默的力道相當強烈，連用了兩個「沉默」。然而，比起第一個沉默的堅決與自信，房東太太的第二次沉默卻顯得不知所措。

這是個「啟示」的契機，也是房東太太可能獲得覺醒的機會。如果她把握這次沉默的機會，多些內在的整理與探索，或許有機會在人性的一課裡獲得嶄新的體認與體驗，幫助她超越自我與進化智慧。但此時的房東太太在這一擊「生字」的悶棍下，既沒有意識到自己不禮貌，也沒意識到種族主義的問題。

這並不全然是她的個人問題，因為在那個時代，種族主義是主流意識，她很難察覺到自己的問題出在哪裡。即使到了今日，西方仍舊存在高傲的白人種族意識，甚且連黃種人也有相仿的意識，以為自己優於膚色較深的原住民或是東南亞人。

　　把房東太太這樣的故事放在詩句中，表面上是索因卡想透過生字激怒房東太太，順勢激發她的自省能力，給她關於種族與膚色的「啟示」。然而索因卡肯定知道，在那個時代，即使是中產階級的婦女，也很難在這樣的主流意識裡產生多大的自省能力，反思種族主義對於其他人種的物化與羞辱。

　　於是他把故事放在詩句中，當這首詩廣為流傳，有心的閱讀者會因為故事裡的「啟示」，在心中自我反省、自我警惕，進而改變心態，調整待人處世的方式。

　　這就是文學的作用。

文學的作用

　　文學可以改變社會，能以溫和的方式，由故事慢慢進入人的內心，透過認同主角的情感（或不認同）產生潛移默化的作用，悄悄地調整人的視野標準，雕琢其意識型態。

　　索因卡雖然想給房東太太一個啟示，實際上他給予啟示的對象當然不是那位已經教不來的英國大媽，而是讀者。他想讓讀者明白：幾個簡單的詞彙就能傷人，也能當成回擊的武器。

　　而這些詞彙之所以能傷害他人的主要原因就是意識型態。沒

有人脫離得了意識（或說立場）的全面控制，因為我們都生活在語言裡，必須使用語言與人溝通，每日使用的詞語都是座標。這些座標標示著社會密碼，告訴別人我們的身分地位和年紀。如同索因卡與房東太太對談時，由她的用詞、說話口氣，就能輕易地判斷她所處的社會地位以及可能長相。

房東太太的豬羊變色

「絜黟」一詞既是啟示也是反擊，有辦法打破房東太太高傲的心牆嗎？再回到詩文裡看看房東太太的反應。

> Silence for spectroscopic
> Flight of fancy, till truthfulness clanged her accent
> 25　Hard on the mouthpiece. "WHAT'S THAT?" conceding,
> "DON'T KNOW WHAT THAT IS." "Like brunette."

房東太太一陣沉默，因為這個詞語太超乎想像了。她努力思索搜尋著關於「西非絜黟」的線索，希望找出幫自己突破窘境的詞彙或語句。她想到出神，幾乎忘記時間的存在，直到大腦通知她說：「嘿！相信我，真的找不到了！」大腦裡傳出的可信之詞（trustfulness），哐噹一聲地敲醒她（clanged her），讓她好不容易地回神，被動地張開嘴巴，發出聲音（accent / hard on the mouthpiece）。

房東太太原本以為會聽到這位南方黑人的告解，怎麼知道竟然惹上了火熱的羞辱。「哐噹」（clang）與前文的「沉默」產生非常大的反差與對比，提醒房東太太也提醒讀者：嘿！故事開始不一樣了。

　　房東太太的主動地位頓時化為被動，線索在詩句的設計中。

Silence for spectroscopic / Flight of fancy, till truthfulness clanged her accent。

　　這段詩句的精妙之處，第一，在於主詞不是房東太太，而是「可信的事實」（truthfulness），或說是「理智」。房東太太先是被「黧黝」一詞嚇了一跳，大腦開始不聽使喚，當她恍神遨遊於色彩間時，理智哐噹一聲地敲醒她，但是剛回神的她一時無法掌握原本的高傲之氣，只能被動地讓理智操控意識，打破沉默，回答問題。

　　房東太太問答：「那是什麼？」（"WHAT'S THAT?"）而且不得不承認「不知道那是什麼」。（conceding /"DON'T KNOW WHAT THAT IS."）

　　而第二個線索就在 Hard on the mouthpiece，若僅翻譯成「難以啟齒」，並沒有把詩人細膩的暗示表現出來。因為房東太太已經失神易主，不能自主地開口說話，她的嘴巴（mouth）僅是聲音出口的「喉舌」（mouthpiece）。

　　嘴巴與喉舌意義截然不同。當人在說話時能夠自由地使用嘴

巴，表示這個人對於自己的嘴巴有自主力，說話者具有主動權，能說自己想說的話，傳達自己想傳達的意思。但是以房東太太目前的情況來說，話語的確由她的嘴巴說出，卻不是自己的意志。

另一個精妙的用字是「難」（hard）一詞。一指生字難，二則衍生出難以開口的「難」，因為意志違背了情感。明明內心百般不願承認自己的錯誤，但是理智戰勝情感，自尊心受傷的房東太太，在慌亂中只能機械性地順勢回答。

前文提到文學的作用時，同時提到語言對於人的操控，暴露關於個人的一切社會密碼。房東太太的「失語」又讓我們看到另一種關於語言的操縱：擁有發語權的人就能掌握權力。

索因卡在故事一開始遭到房東太太羞辱，房東所使用的語言武器，是以沉默抗議索因卡的非洲人身分。之後，她發問的問題都要求索因卡昭示身分、標示顏色。當時發語權都在房東太太身上。

然而，索因卡僅使用一個困難的生字，便使得房東太太頓時「失語」、失去掌控，她自恃的高傲地位也隨之降落。接下來我們還會發現，理智只不過是發語權轉移的中繼站而已。

發語權最後落在哪裡呢？

真正的砲火

當房東太太表示「不知其為何」，索因卡馬上回答「像是深黑」（brunette）。

"DON'T KNOW WHAT THAT IS." "Like brunette."

　　深黑和「黧黝」也沒差很多，房東太太頓時覺得自己像個傻瓜，竟然被狠狠地擺了一道，為什麼剛才要找那麼奇怪的字。此時她心中肯定也有著「夏日柏油路上，紅色大巴士輾過般的惱火」。

　　故事一開始，索因卡也曾因為房東太太的羞辱而一陣惱火。當時，他的處理態度是先忍氣吞聲，再以儒雅之態反將一軍；相對地，當房東太太處於羞辱與憤怒之中，處理的方式就顯得踉蹌許多。雖然是一段短短的對話，卻是黑白種族之爭，不只比較文字用詞，爭奪發語權，也是文化與文明的較量。

　　接下來的故事發展才展開了雙方真正的砲火，這位奈及利亞青年將以白人的語言做為武器，揶揄這位高傲的英國婦女。

"THAT'S DARK, ISN'T IT?" "Not altogether.
Facially, I am brunette, but madam, you should see
The rest of me. Palm of my hand, soles of my feet

30　Are a peroxide blonde. Friction, caused—
Foolishly, madam—by sitting down, has turned
My bottom raven black—One moment madam!"

　　在聽到「深黑」之後，房東太太馬上反問：「那不是很黑嗎？」索因卡也馬上回答：「不完全是喔。」接下來，他從頭到

即使是窮苦的非洲孩童也有高貴純潔的心。

穿著高貴的金髮碧眼英國夫人。

腳地向房東太太介紹他身上的所有顏色、各種顏色的分布，還有他是什麼類型的黑人。

「黑人可不是全黑」，索因卡繼續說：從臉上看來，我的確是深黑色的，但是房東太太得看看我的其他地方，才有辦法真正地認識我，例如我的手心、腳心都像是漂白過的亞麻色（blonde），是與你們的膚色一樣的那種白（blonde）（參考130頁圖），但是有些地方要是愚蠢地摩擦過度，像是坐太久之類，就會變得如烏鴉一般黑。表面上看似描述關於黑人身上的不同膚色，但是字裡行間卻藏著雙關語，讓房東太太躲不掉被責罵的事實，卻又難以反擊。索因卡的文字攻擊策略共有三步驟。

翻轉黑白

第一步，他先使黑與白界線模糊，使用的字彙是「亞麻白」（blonde）。

索因卡形容他的手心與足心一點也不黑，反而都是亞麻色。

這個字也是神來之筆，因為blonde在白人的世界，尤其在撰寫這首詩的二十世紀中期，是一般人公認美麗又高尚的膚色，也是所謂的金髮碧眼。當時大部分媒體都喜歡以金髮碧眼的美麗女性做為模特兒，這樣的崇尚強化了膚色決定論的隱含意識。

索因卡不但不因自己的膚色深黑而感到卑微難堪，甚至找到足以顛覆「膚色決定論」的契機，利用手心、腳心的亞麻色，將黑人與白人的斷然色差調整到一致的彩度，讓亞麻色（也就是

所謂的金髮碧眼）不僅限用於白人，也讓房東太太不得不明白，原來黑人身上也有這個高尚色彩的標誌，只是高傲的白人不曾注意，也不知道。

透過「亞麻色」，索因卡給了房東太太關於「人」的啟示：膚色差異並非標示人種高低的標籤。索因卡也使讀者意識到，無論黑人或白人，即使外在的顏色不同，內在的組成卻一樣，當然彼此都應該獲得對等的尊重。

第二步，指桑罵槐。

當索因卡向房東太太介紹完我的手腳和你們一樣都是亞麻色之後，再以相當破碎的詞句描述了因為摩擦過度，造成膚色如烏鴉一般黑的情況。把這三行詩句重新組合起來，原句會變成這樣：

Friction, caused—Foolishly, madam—by sitting down, has turned My bottom raven black.

這句話很有趣，可以類比為「下雨天留客天留我不留」，因為標點符號（或文法）將影響句子的內容與指涉，造成截然不同的結果。

首先，蠢啊！（foolishly）在這個句子裡，到底是該放在破折號裡還是破折號外？到底形容哪個詞彙？「蠢」在這裡是個副詞。副詞是個好用的詞性，在句子裡，除了名詞以外，不管誰都能被副詞形容，連整個句子亦然。

黑人的手心與腳心並非黑色，而是漂白後的亞麻色。

　　但是此處，索因卡把「蠢」用破折號和其他的詞句斷開，只和一個名詞madam一起放在破折號裡。

　　—Foolishly, madam—

　　這是文法錯誤嗎？因為副詞不該修飾名詞，名詞該由形容詞來修飾。或者，如果 foolishly 並不是要修飾名詞 madam，整句話會忽然間斷掉，所以穿插這兩個字在這裡一定有目的。這樣的設

計，明顯想以文法與標點的些微誤差，造成雙關效果，呈現出三種可能的解釋：

第一，如果把「蠢」當成形容「起因於摩擦」（foolishly caused by friction），那麼整句話的意思就會是「因為很蠢地，在坐下時摩擦到了，會使得臀部變得超級黑。」第二，如果把「蠢」當成形容坐下的動作時（by foolishily sitting down），意思就會變成「要是坐下時太蠢而沒注意，就會因為摩擦而把臀部磨得超級黑。」第三，如果把「蠢」當成形容整個句子時，那麼意思就會是「因為坐下時會有摩擦，就把臀部變得很黑，這件事真是又蠢又可笑啊！」

可是，明明「蠢」這個詞和「女士」一起放在破折號裡，所以目的一定不是上面三種解釋結果。

副詞顯然是障眼法。索因卡根本是想說：「女士，您還真蠢呀！」他刻意使用副詞，讓詞性聲明它的功能是在形容其他字詞，完全不是在責罵這位女士。然而因為破折號所形成的斷句結果，一定能讓讀者發現這個隱藏的巧思時，會心一笑。

索因卡刻意以文字設計誤會，一方面要房東太太聽出弦外之音，一方面又要她百口莫辯。在隱約含糊中，調侃富有的房東太太不過徒有優越表象，實則內在貧乏，不只知識不足，也不懂禮貌，甚且缺乏尊重他人的良知，只是個愚蠢之人罷了。

接著，詩是這麼寫的：「我的屁股烏鴉般黑——等一下，女士！」（My bottom raven black—One moment madam!）索因卡乾脆把這位白人蠢太太直接與「烏鴉黑」、「屁股」並列擺放，徹

底地羞辱醜化她。

索因卡先以專屬金髮碧眼所使用的亞麻色（blonde）做為統一色調的字眼，讓黑人與白人透過亞麻色的連結處於同一個顏色等級，有著對等的關係。透過平等的關係，再指桑罵槐地暗指「白人女士，您真蠢啊！」最後，索因卡乾脆把這位白人蠢太太直接和「烏鴉黑」和「屁股」同時並列擺放在一塊兒，以此反攻。

由「亞麻色」平衡來到用「屁股」羞辱，「黑」這個字漸漸地改變了質地、意義與功能。剛開始，黑顯然代表弱勢的顏色，是很沉重的標籤。不只黑人，包括膚色較黑的原住民等都因為黑而被標籤化。而且由黑色對應的概念，無論是好的（例如神祕夢幻、異國情懷）或壞的（例如邪惡瘋狂、愚蠢落後）也都作用於這些民族，讓人難以真正認識、理解與尊重他們。

然而，索因卡透過混淆黑白，為黑色分層定義，所以黑的意義與運用翻轉了，不再純然地標誌某一群人的命運。

黑人非全然的黑，白人也非純然的白；黑皮膚下有潔白之心，白皮膚下也有不純淨之心。

黑人因皮膚受到歧視，但是曲解文字之後，黑人的黑屁股竟然翻身成為強勢的文字武器，讓愚蠢的白皮膚太太反而成為歧視的標的。索因卡的詩既是文字的遊戲，更是生命的啟示，讓我們不得不去思索自己是不是太依賴外表、太著重標籤，而忽略了人的內在與本質，是不是因為外表的顏色符號曲解了一個人的真實價值，因此錯誤地對待值得信賴的善者。

閱讀到關於「徒有外表的蠢人」一段時，讓我產生警覺，

在生活周遭有許多印尼與越南女孩說著極佳的中文，極有效率地辦事，然而臺灣人卻自認高人一等，以下人待之。殊不知我們可能只是她們眼中無知又高傲的蠢人罷了。2013年，東南亞的穆斯林人與外籍勞工在臺北火車站慶祝開齋節，卻被臺灣人公開歧視與批評，他們或許也在臉書上以母語寫出充滿思辨又有哲理的文章，只是我們看不見、讀不懂又聽不到。我們一直對於南方國家的認識太淺薄又太少。

想想西方人在前兩個世紀如何看待與對待非白人族裔，而兩百年之後，世界的知識與權力版圖又如何改變。以此想像臺灣與東南亞國家的歷史更迭，不禁令人憂心。

羞辱與修養

索因卡解構黑色也翻轉權力，使白人太太的主動發語權，頓時轉移到詩人的手中。此時，高傲的白人太太會如何反應？他們又會如何結束這場電話對話呢？

　　　　　　—sensing
Her receiver rearing on the thunderclap
About my ears—"Madam," I pleaded, "wouldn't you rather
35　See for yourself?"

當索因卡剛說完黑臀部的比喻時，耳邊傳來一聲轟隆，原來

房東太太發現自己被羞辱後，瞬間惱火，乾脆直接啪叮一聲掛掉電話。接著，索因卡悻悻然地補上一句：「夫人，拜託您也瞧瞧自己吧。」做為結尾。

這個結尾是個簡單的段落，好像是個相當完美的結局，不過若再仔細多讀兩次，就會發現詩人透過幾個暗示與比較，呈現出對於現實的觀察，以及展望未來的可能。

由房東太太無理地掛上電話，可以發現兩者間，關於羞辱與修養的差異與對比。先看看索因卡的反應與應對：

1. 故事一開始，房東太太高傲無禮又輕慢地問：「你多黑啊」，索因卡突生惱火，不過他沒有直接發狂，忍著羞辱。

2. 接著他順勢推展房東太太的問題，由「深黑？還是淺黑」慢慢進入多重黑色的新定義。

3. 最後，他再以文字為自己取得發語權，找回尊嚴，翻轉權力，羞辱房東。

然而，同樣處於被羞辱的狀態，房東太太的反應卻明顯不同，不說二話，直接掛掉電話，不留餘地。

若說由修養的程度可以看出文明的深度，自詡為文明國家、優等民族的白人太太顯然也不文明；相對地，被認為來自野蠻非洲的南方黑人，反而較為機伶有修養。

高尚野蠻人vs. 野蠻的文明人

大約於文藝復興後半時期，西方開始流行一個詞彙——高貴的野蠻人（noble savage）。這組相反詞意的組合（oxymoron）乍

看詭異，像貶抑又像稱讚。其實是一組雙面詞，既是讚頌也是質疑。

自從文藝復興時期開始，因為科技、經濟與文藝的發展，歐洲比周圍其他文明（包括非洲、美洲）相對進步，歐洲人便自認是比較文明的種族，也以信仰基督教（或天主教）為榮。於是，只要不是白皮膚，也不是信仰基督教的其他族裔（包括信仰穆斯林的白人），都會被認為不文明、不高尚。

但是，這些野蠻人為什麼被重新標籤為高尚之人呢？他們既非生活在文明的地區，也沒有科技藝文的薰陶，更沒有天主或基督之光照耀愛顧。要瞭解這組雙面詞必須同時陳列另一組隱性詞彙：野蠻的文明人。

文藝復興時期因為交通與航海發達，許多歐洲人開始接觸其他地區的民族。他們發現這些民族沒有受過基督教的洗禮、沒有相當程度的科技文明，卻有著高尚靈魂、崇高道德與仁愛精神。這些深膚色甚至黑皮膚的異教徒有著比自認高貴的歐洲人更高尚的情操與節度，或許表面上的文明程度不夠先進，但是精神的層級上卻遠高於自以為是的歐洲人。

當時有些哲學家或小說家開始書寫關於「高尚野蠻人」的文章，其中較著名的散文有蒙田（Michael de Montaigne）的〈論食人族〉（"Of Cannibals"）；小說則有阿法菈・班恩（Aphra Behn）的《歐儒諾柯》（Oroonoko），寫出一位高尚黑人王子的悲劇。

這些文人當然知道在異教野蠻人的世界中還存在某些不文明的生活模式，例如食人的習俗。但經過觀察與論證，蒙田認為原

住民吃人的習俗看似不文明，卻是生活在自然中的經濟循環，是天人合一的運作系統。更重要的是，原住民吃的是死去的人肉，而不是把活人殺死後再吃。

吃人肉的確很不文明，但是故意致人於死更不道德，這是蒙田的批評基礎。

相對於野蠻民族的吃人行為，歐洲人打著冠冕堂皇的宗教正義，把活人放在火柱上燒死，刮割活人的四肢，硬生生把人弄死，更不要說以宗教之名大舉興戰、互相殘殺，造成無辜百姓死於刀槍、孤兒寡母流浪街頭的悲劇，這些死傷更慘無人道。

於是，所謂的高尚野蠻人，與其說是讚賞非歐洲白人的異教徒，不如說是在批評自以為文明高尚的白人，生活在文明表象下的野蠻實境。

當時的歐洲人對於信仰異教的他族有沒有正確的認識，並不是「高尚野蠻人」這個詞彙想引出的主題，真正該注意的是歐洲人的文明高度與修養深度的反思。假設被認為是野蠻的異族人都有崇高的道德意識，已經有相當文明基礎的神的子民該有什麼程度的修養呢？

經過三百年，西方國家已經有了更長足的科技與文藝進步，人的內在到底進步了多少？索因卡與房東太太的對話或許就是答案。房東太太自始至終認為高人一等，可以擔任非洲黑人、異族異教的指導者。於是隨意發問，毫不在乎他人感受，她覺得黑人和英國人不一樣，他們比較笨、比較低下、野蠻，所以被如此對待，理所當然。

如此一來，人必須先放在標籤底下才能呈現價值與意義。

即使過了數百年，人類對於標籤的依賴仍然沒有改變，對於人的基本認識也毫無進步。所謂文明，看來只是先進的生活模式，而不是人性的前進。或許反思二十一世紀握著 iPhone 的人與五千年前握著鋤頭的人，兩者間人性的距離不差幾釐米。

〈電話交談〉扒開黑人與白人的標籤，讓讀者看看不同族裔代表的真實模樣：被認為來自非洲的野蠻人，不只聰明還很文明；被認為高尚的歐洲人，不只有點笨、愛生氣，還心胸狹隘。

勝利後的陰影

看到索因卡不以任何髒字醜話就扳倒話筒一端高傲的白人，人人心中莫不暢快興奮。黑人終於獲得遲來的正義！這位高尚的野蠻人不費一槍一彈就戰勝了野蠻的文明人。故事的結尾好像充滿了樂觀與希望。

然而，真是如此？

有些文學作品很有深度，讓人回味無窮，因為作者暗示了多重答案。在希望中有不確定感；在不確定中又好像有希望，真實的人生不也是如此！索因卡在這個故事同樣也呈現了真實的人生，彷彿有希望卻存在不確定性，讀起來好似很樂觀，但到了結尾卻瞬間熄火，讓人退縮不起。

當索因卡發現房東太太答不上話，喜孜孜地開始介紹黑人各種層次的黑色時，並沒有察覺到失勢的房東太太還有最後絕招：

啪吡貫耳地掛上電話（Her receiver rearing on the thunderclap About my ears）。這一記如雷神掌有兩層意義。

第一，房東太太果然動怒，憤而離去，完全不給任何解釋的機會。第二，索因卡後來說什麼，房東太太一概不知，而且由她的憤怒看來，她一點也不想知道。

關於第一點，房東太太的憤怒，故事的結尾是這樣的（詩句拉開之後）：

—sensing Her receiver rearing on the thunderclap About my ears—"Madam," I pleaded, "wouldn't you rather / See for yourself?"

索因卡埋下一個有趣的詞彙「如雷聲響」（thunderclap），由 thunder + clap 兩個字組合而成，遙遙地與第六行的「靜默」（silence）做出對比，表現房東太太僅能使用「暴力」掛上電話，以示反擊。為什麼說房東太太面對羞辱時是暴力以對呢？Thunder 是雷聲隆隆，clap 是一擊，也就是暴力。再配合後面幾個字 on the thunderclap About my ears——clap ears，"clap ears"就成了「賞耳如雷的一巴掌」。索因卡暗示白人長期以來對待黑人的基本態度，通常不是以教養為基礎的禮節，而是不分青紅皂白的暴力。

這個「摑耳朵」的意象讓故事的結尾非常戲劇性，情節的變化急轉直下。一個字就改變了一個故事的風向、改變故事調性，還能顯示兩個悲傷的事實。不過，要先回到五十年前的英國，感受在這個情境下的種族關係，對於這一掌的力道才有恰到好處的

感受。

英國的種族主義與立法保護

由大發現時期（文藝復興時期的大航海時代）開始，英國就開始在世界各地殖民，逐步朝向大英帝國邁進，在第一次世界大戰前是世界第一大國，掌握的土地總面積高達地球陸地的四分之一，擁有全球五分之一的人口。

在這麼大的跨洲國家，各種政治或經濟因素都會產生人口的流動。1948年英國訂定移民法案，規定殖民地人民移民英國本土的相關事宜。

早期沒有人口移入的限制，以至於人口快速增加。當時為了因應英國工業發展，政府由殖民地引進大量人力。後來除了勞力需求之外，也有許多族裔因為政治因素而移民英國。這類新移民因為在自己的土地上經歷窮苦或戰亂而逃離，包括有能力的人或是窮途末路的人。兩次大戰後的英國，光是五〇年代就有超過五十萬黑人與亞洲移民來此尋求更多機會、更美好的生活註三。

六〇年代，移民局開始限定移入人口，一年上限是七萬五千人；到了1971年，非英國本土出生的移民人口總數已達三百一十萬人，相當於當時英國總人口數的6%（大約五千一百萬人，包含愛爾蘭人）註四，大約每一百人中就有六個非裔、印裔或是穆斯林人，這些非白人的其他族裔，與原本生長於英國的白人之間一直有許多衝突。

種族主義造成嚴重的衝突。最早的大型種族血腥衝突發生在1958年8月24日的倫敦諾丁漢，幾個白人群起攻擊由新印度群島移民過來的家庭。事情愈鬧愈大，後來有三百至四百位白人加入攻擊行動，打到9月5日才平息。

　　族裔混戰之後，種族問題已經不再是人與人之間的倫常關係，而是浮上檯面的政治問題。1965年，英國政府頒布《種族關係法案1965》（Race Relation Act 1965）註五，正式公告：「在任何公共場合，凡是因為膚色、種族、族裔或出生國籍因素而歧視他人，都是違法的。」

　　於是，歧視是違法的，需要受到法律規範。然而這條法案仍舊不夠周全，所以在1968年修改《種族關係法案1965》成為《種族關係法案1968》（Race Relation Act 1968）。在這條新法案裡有更明確的規定，把雇用弱勢者的聘雇、公職等相關問題都列在法律保護下，而且包括租屋。

　　「只要因為歧視而拒絕租屋，即是違法。」這條法律針對的就是早幾年索因卡面對的情況。由索因卡與房東太太的互動裡，看得出六〇年代白人根深柢固的歧視，遍及生活的每個層面。

　　白人對待黑人，不只歧視，還包括身體上的暴力。當房東太太以掛斷電話做為結尾，索因卡便以「摑掌」象徵英國社會裡的種族歧視，沒有因為立法而獲得立即改善。

　　房東太太甩掛電話，相對於索因卡無法到達的聲音，使人更能理解早年的族裔戰爭，對弱勢的有色人種來說有多麼悲觀。真正的困境在於：白人根本緊閉溝通的管道，視而不見、聽而不

聞、拒絕談論。

黑人的發言被消音了。

當我們看到索因卡以語言優勢成功地反諷，準備為他的勝利起立鼓掌、吆喝歡呼時，房東太太馬上戳破這個樂觀的勝利。

表面上鏗鏘有力的黑人勝利，實際上卻軟弱空虛又無力。

最後的懇求

索因卡最後只能聽著嘟嘟嘟的話筒聲，再添上一句房東太太永遠聽不見的話：「女士，您何不親眼看看啊？」

"Madam," I pleaded, "wouldn't you rather / See for yourself?"

在沒有特定的情境下，plead 所代表的意思是「懇求」，代表說話者站在較卑微的角度，誠懇地請求對方，希望獲得重視、取得原諒，隱含了下對上的意思。此字點出六〇～七〇年代之際，生活在英國的黑人仍舊相當弱勢，即使是一名小有成就的青年，在一位白人大媽眼中仍舊不值一談，故事最後，她以霸道強橫的態度斬斷黑人的發語權。

故事的結尾相當悲觀。種族沒有溝通管道、沒有互動，憤怒與怨恨是兩者間最真實的情感關係。原本黑人與白人間的下對上關係，曾經有過革命的曙光，不過改革最後沒有實現。

接著再將 plead 放進法律情境中。由法律的角度看來，plead是「辯護」。此時，索因卡的話就會變成：「女士，我想為我自己辯護，麻煩您也親自看看（我的多種膚色）。」一旦採用辯護之

2014年紐約的街頭遊行，抗議涉嫌故意勒死非裔青年的白人警察被判無罪。

意，這個故事就可以套用《種族關係法案1968》的情境閱讀，白人若是拒絕將房子租給黑人便是違法。

違法的是房東太太，然而卻是索因卡以「辯護」之名，請求原諒。辯護隱含的意思是「可能有罪」，所以必須解釋，再提出理由與事實證明自己無罪，或是沒有那麼重的罪。呼應故事剛開始在電話亭裡的「原罪」意識。

索因卡以電話亭象徵告解，暗示膚色被視為原罪的荒謬。此時，膚色的原罪被放在宗教意識的框架裡。故事來到最後，我們期待索因卡能洗脫黑人的莫須有原罪，讓黑人與白人之間有平等互動的關係。

可是 plead 這一詞的出現讓故事急轉直下，索因卡告訴我們：黑人脫離不了宗教上的原罪，連法律上的保護也無效。

最後，房東太太是否真的「親眼看過」（would you please see for yourself）索因卡的真實模樣？當然沒有。這句話也可以看成是一句雙關語，當 for 被圈起來時，就成了「您可否也看看您自己」（would you please see yourself?）這句話是黑人最真實的吶喊：「白人們啊，請瞧瞧你們自己吧，你們直覺地以膚色取人，是如何的傲慢可笑，又如何的無禮、無理，當你們將黑人當作野蠻人時，得低頭看看自己是不是穿著文明華服的野蠻人啊。」

當一個人想以膚色蔑視他人時，其實只是反射自己的無知、醜陋與荒誕。

臺灣的種族主義

在一般的公共平臺上，臺灣人在乎的種族議題，大多圍繞在「閩南人和客家人」、「漢人和原住民」，或是「中國人和臺灣人」，但是臺灣還有許多隱形的弱勢族裔。

這些膚色較臺灣人再深一點的弱勢族裔大多是女性，來自其他國家，在臺灣擔任比較低階的工作，若不是弱勢家庭中的母親，就是短期的家庭照護。社會在大部分的情況下選擇對她們視而不見，就和索因卡在五十年前的英國一樣，她們幾乎是被消音的一群人。

我們不知道她們的意見、需求、委屈，對這些由其他國家前來臺灣結婚或工作的女性，普遍存著防衛與抗拒心態。許多弱勢工作者的惡行故事，四處流傳，但她們真的都如此「邪惡」嗎？我們還沒認識之前就先為她們冠上「原罪」，正如同索因卡才開口說明自己是個黑人時，馬上就在房東太太心中留下「有罪」的印象。

索因卡的故事讓我們反省，臺灣是否已經是個能接納多種文化的多元社會。

然而，臺灣有另外一群外國人，膚色比臺灣人更白皙，大多來自歐美。我們對他們卻有較多通融、耐性與喜愛。

因為他們比較白，所以「無罪」。

他們的放浪不羈是因為崇尚自由；他們的不守規矩是因不瞭解臺灣法律；他們不想說中文是因為英文太好。我們對於白人比

較容易放心，也比較寬容。 然而，我們真的瞭解這些膚色比我們更淺的人嗎？或者應該問：我們是以膚色來判斷一個人的價值？還是以「人」為本地認識一個人？

第一個問題放在詩的情境裡，就是房東太太問索因卡的問題：「淺黑？還是深黑？」第二個問題就是索因卡對房東太太的回應：「你應該看看我的其他部分。」除了看見我的黑皮膚，能不能看看其他部分，認識真正的我？

一首三十五行的小詩囊括許多種族的互動，以及種族主義的議題。由英國的經驗，發現因為膚色而產生的誤會相當難以改弦更張，種族與種族之間也會因為膚色或來源地而有明顯的上下之分。若想以倫理道德勸說改變人對於顏色的防衛之心，改變不公平的現實，在實踐上不過是空中樓閣。

溝通管道始終閉鎖，信任也毫無基礎，或許立法會是最好的開始，才能讓大眾不得不面對種族議題，積極地正視多元的面貌，有機會站在平等的利基下，體驗真誠的相互尊重。

索因卡不只提醒西方人，也提醒所有民族關於種族與膚色的課題：世界上任何人、任何膚色、任何階級都應當被尊重。

因為，我們都是「人」。

最後，由索因卡努力向學的故事，可以獲得兩個啟示：第一，任何人只要在心底構築夢想並積極行動，即使才華不足、條件不夠或是路途遙遠，只要行動，便可以靠近實現的一日。第二，偉人的故事都是生活的借鏡，瞭解他們在人生中的每個目標與步伐，愈發讓人明白自己多麼渺小與不足，而愈瞭解自己的單

薄，愈會提醒自己對周遭所有人保持謹慎與敬重，無論對方的膚色、男女或階級。

由〈電話交談〉的故事也可以獲得一個切身的啟示：在我們的土地上，可能就在你我身邊，某些我們不認識、不瞭解的深皮膚朋友可能是將來的大文豪或大科學家。他一邊工作，一邊默默地觀察我們，在每個夜深人靜之時，再默默地以他的文字描寫在臺灣的故事，細數這些自以為文明的國家和人，不以人的內在價值平等地看待他們，雖然高喊著國際觀，卻看不見外面的世界，也看不透人的內在。

閱讀文學既能認識他人，也能認識自我，使人更懂得謙遜卑微，也由他人身上學習到自省、調整，甚至改變的機會。

註釋：

註一、索因卡生於西非的尤汝巴家庭。尤汝巴人是西非的部落民族，人口總數大約有四千多萬人，絕大多數分布於奈及利亞。尤汝巴人曾經於十二世紀建立起西非的城邦王朝，在英國人抵達非洲之前，早已經是富饒的城邦部落，大多居住在伊巴丹城與其周邊。

註二、sepia在中文雖意味著深褐色或咖啡色，但是因為臺灣人習慣以「黑人」稱之，故翻譯為深黑色。

註三、關於英國二十世紀中期的移民情況與結構，資料可見〈新共和時期移民，1945-62〉（"The New Commonwealth Migrants 1945-62"），由Zig Henry 在1985年發表在《今日歷史》第35期（History Today Volume 35 Issue 12 December 1985）。線上資料位於：http://www.historytoday.com/zig-henry/new-commonwealth-migrants-1945-62#sthash.5TEpqwb4.dpuf。

註四、關於英國移民與移民的歷史，資料也可見〈英國移民的概要歷史〉（"A Summary History of Migration to Britain"），位於《關照英國移民》（Migration Watch UK：http://www.migrationwatchuk.com/Briefingpaper/document/48）。

註五、《種族關係法案》（Race Relation Act）經過多次重修，最近一次修改是在2000年。到了2006年，《種族關係法》則直接納入2006年所頒布的《平等法》（Equality Act），一部關於全國性別、種族、職業等的平等法案。《平等法》最近一次重修是在2010年。這條法案的中心主旨為：英國全體人民，生活在公平且融合的社會，任何的差異都應當被珍重。大眾可以透過相互說服的方式，或是法律的保護，讓每個人都有相同的權力，生活在這個自由的社會，可以免於任何歧視、偏見或種族主義所帶來的恐懼。

Part Three

風土之盛

莎拉金妮·奈都（Sarojini Naidu）——
印度的海德拉巴市集

市場是一處人們容易忽略的地方，卻又是土地上最饒沃的人文喧嚷；涵蓋大部分的生活，也是最安靜的靈魂出口，宛如一面鏡子，真誠地反映出人文、思想與生活。

愈是繁榮的城市，愈是缺乏地域的真實面容，取而代之的是全球化的McDonald's、Uniqlo、Carrefour、H&M、Microsoft、Apple、Samsung、Mercedes Benz，不然就是隨處可見的7-eleven。在現今都市裡，物產與生活僅見制式的需求與統一的欲望。屬於一個地方的生活被埋藏了；屬於個人族群的界線變得朦朧了。然而，愈是傳統的市場，愈可遇見土地的生命，愈可洞察文化的精神。

緯度、地勢影響氣候；溫度、雨量決定產物；而農業、家畜則呈現生活。食物的內容、衣物的製作、房屋的形式、內部的裝潢、交通的方式、娛樂的種類、信仰的神祇等，都與土地深深連結，與氣候息息相關。傳統市場正是這些細膩生活層層疊疊的組合。

印度傳奇女詩人：莎拉金妮‧奈都

浪漫的詩人喜歡山川美景、湖河田野；批判的詩人則喜歡族群性別、立場議題。二十世紀初的印度，有位女詩人不算計主題的正當性，以自己熱愛的土地為主題，對殖民地不起眼的生活做了熱切又細膩的描述，留下一則關於印度生活總覽的市場詩篇〈海德拉巴市集〉（"In The Bazaars of Hyderabad"）。

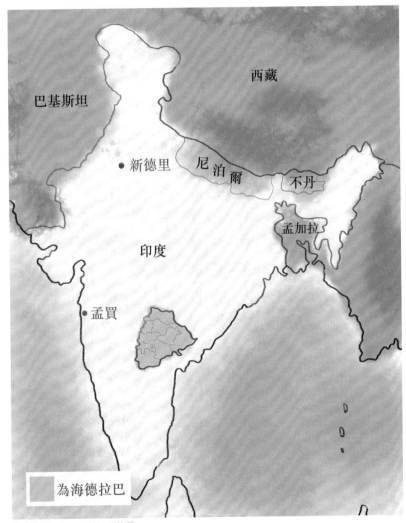

為海德拉巴

印度簡圖，標示海德拉巴位置。

〈海德拉巴市集〉作者是莎拉金妮・奈都（Sarojini Naidu），在二十世紀初有著「印度神童」之稱，是位能文能武的偉大女性。在甘地的不合作運動裡，當時依舊年輕的奈都積極參與，是活躍的領袖。她四處演講，啟迪民心，還曾無畏地與甘地一同入獄。

　　十九世紀晚期，幾乎只有男性才有機會表達自我、展現才華、獲得賞識，世界各地皆然，然而，在印度這個階級森嚴的東方傳統古國，年僅十二歲的奈都即已才華洋溢，深得青睞。在大部分十二歲孩童仍茫然崇拜偶像與遊戲打怪時，她已經獲得印度馬德拉斯大學（University of Madras）的入學許可（馬德拉斯大學是印度第一所成立的大學，也是最古老的大學，在奈都的年代，其地位如同早期的臺灣大學。）

　　被稱為神童的奈都也有少年的煩惱，因為父親對於她的才華有著極高的期許，希冀她成為數學家或是科學家。不過，愈是深厚的期待，愈是事與願違，奈都一點也不愛科學，心

莎拉金妮・奈都

儀戀棧的是文藝詩詞，十六歲時，爭取到國家獎學金飛往英國留學，展開她的文學夢。

留學英國的奈都不同於某些留學國外的菁英分子 —— 無意識地受限於國族自卑情結，因而流露出崇尚歐洲、美國的矯情心態。她既不豔羨殖民國家的進步，也不崇拜歐洲的高尚。

在英國接受高等教育的奈都，對於撫育她十六年的印度文化充滿關懷與愛戀之情，於是接受英國詩人高斯（Edmund Gosse，1849～1928）的建議，以印度的風土人情為主題，將印度化為一種精神，做為醞釀創作的無盡泉源，那裡的文化、山川、廟宇、市井、人物與土壤，都是閃耀在她詩中的靈魂。

雖以英文創作，奈都的詩卻很「印度」。

1912年，三十三歲的奈都在倫敦出版了第二部詩集《時間之鳥：生、死與精神之歌》（*The Bird of Time: Songs of Life, Death & the Spring*）註一，其中的〈海德拉巴市集〉，1913年，被《紐約時代雜誌》喻為「閃耀的東方寶玉」（The poem "shines like an oriental gem."）註二。這首印度詩歌時常列在英美的文化課堂裡，做為認識印度的重要窗口。

乍讀之下，可能以為這首詩不過是首平凡無奇，甚至有點無聊的「市場流水帳」。若是仔細端詳每一個奈都所描述的小物，深入瞭解來由與起源，將會有著難以置信的豁然開朗。她描述的市場根本是一幅絹印著繽紛印度文化的詩文畫布，閱讀此詩請記得帶著耐心，隨著看似無足輕重的商品，漫步進入這個就算親身前往也不見得看得清楚的「印度之心」。

海德拉巴地標，查米那清真寺（Charminar）。

In The Bazaars of Hyderabad

What do you sell, O ye merchants?
Richly your wares are displayed,
Turbans of crimson and silver,
Tunics of purple brocade,
5   Mirrors with panels of amber,
Daggers with handles of jade.

What do you weigh, O ye vendors?
Saffron, lentil and rice.
What do you grind, O ye maidens?
10   Sandalwood, henna and spice.
What do you call, O ye pedlars?
Chessmen and ivory dice.

What do you make, O ye goldsmiths?
Wristlet and anklet and ring,
15   Bells for the feet of blue pigeons,
Frail as a dragon-fly's wing,
Girdles of gold for the dancers,
Scabbards of gold for the king.

What do you cry, O fruitmen?

20   Citron, pomegranate and plum.

What do you play, O ye musicians?

Sitar, Sarangi and drum.

What do you chant, O magicians?

Spells for the aeons to come.

25   What do you weave, O ye flower-girls?

With tassels of azure and red?

Crowns for the brow of a bridegroom,

Chaplets to garland his bed,

Sheets of white blossoms new-gathered

30   To perfume the sleep of the dead.

　　海德拉巴（意為獅城）位於印度的中部偏東南方，是印度的第六大城，人口超過七百萬，從十六世紀開始，即是印度南方的重要大城，東南西北各方人士都喜好將生活文化所需捎至此處交易流通。因為位居樞紐，這裡湧入大量人口與金錢，成為一個富足繁華的城市，建築著美輪美奐的宮殿宗廟。形形色色的東西方文化在此交流，也交易著絕世珍藏的鑽石珠寶，海德拉巴從古至今都是南亞最主要的鑽石與珍珠貿易中心，因此還有個美麗的名字「珍珠城」（City of Pearls）。

　　如同圓潤包容的珍珠，海德拉巴也是一個寬圓涵融的城市，

繁忙的海德拉巴市集一景。

交錯著印度教與伊斯蘭教，交流著泰盧固語（Telugu）與烏爾都語（Urdu），也交融著北印度人與南印度人。今日的海德拉巴也是印度第二大電影工業城，僅次於寶萊塢（Bollywood），生產以泰盧固語為主的電影。相對於寶萊塢在孟買生產印度語電影，海德拉巴則是生產泰盧固語電影的泰利塢（Tollywood）註三。

　　海德拉巴是多采多姿的豐饒都市，如同奈都〈海德拉巴市集〉所描繪，幾乎是南印度的生活與生命縮影。

　　為了描寫市場的真實面貌，奈都以商賈買者之間的「對話」設計詩的結構。一則又一則對話重複交錯，層層疊疊地排列加乘，詩人彷彿是個熟稔市場的導遊，牽引讀者走入傳統繁忙的印度市場，親歷客商之間交易買賣的真實情境，逛著市集裡的飲食

男女與生老病死。

　　詩的文字雖然簡單，卻是感官體驗極為豐盛的歌謠，節奏規律，層疊韻腳，配合旋律一致的問：「你賣啥啊，喔，商人們？」交錯著琴聲、鼓聲、咒語聲，再現市場人聲鼎沸的生命節奏。

　　市集裡琳琅滿目的商品，花花綠綠、萬紫千紅、金碧輝煌，讓人目不暇給；還有美食、香料、水果和花朵，息氣恣意；也有薄如蟬翼的金箔、翡翠把柄、鮮花彩圈，各有不同觸覺與質感。一首單純的市場歌謠融合著眼耳鼻舌口的感官全席。

　　詩裡描述的商品平凡瑣碎，宛如提著菜籃上市場時所見，一切都是那麼理所當然。不過仔細端詳每一種商品，思索其細節與作用，自然會發現生活在這個文化裡最基礎的環節及不可或缺的物品。若想端詳多采多姿的各地生活與文化，瞭解其差異之處，就得深入當地的傳統市場。

　　〈海德拉巴市集〉在市集 bazaar 的結尾加了個「s」，很明顯地，這首詩講述的並非專屬一個特定市場的景象，而是海德拉巴，甚至是整個東南方印度市集的真實樣貌。與其說它是關於一個城市的詩歌，不如說是詩人編織的一匹文化彩布，絹印著南印度生活的文化與精神面貌。

　　接下來就一段一段地，認識印度南方的人們如何吃喝、如何穿著、如何娛樂，以及如何生老病死。

| What do you sell, O ye merchants? | 商人們，喔，你賣啥？ |
| Richly your wares are displayed, | 商品陳列好豐盛， |

這一天，花樣年華的年輕奈都穿著傳統印度女性的紗麗服（Sari），翩翩來到傳統市場，這與人們在冰冷的超級市場裡，推著自己的小推車，沒有交集地選購生活用品不同，超級市場只有積極促銷的廣播和重複千回的廣告歌曲。

然而，傳統市集就很有溫度。人們熱情地相互招呼，商人吆喝招攬客人，客人問東問西、討價還價，人聲鼎沸加上豔陽高照，真是好不溫暖、好不熱鬧。

青春的奈都來到熟稔的織品商鋪，貨架上陳列著成排成列、色彩繽紛的服裝與飾品，全部都是印度男男女女們打扮妝點的用品：男性必備的「特本」（turban）、女孩永不嫌多的「錦緞長衫」（tunics）、端詳美麗容顏的「琥珀鑲邊的鏡子」、顯示男性高貴情操與虔誠信仰的「翡翠柄匕首」。

雖然看起來只是日常生活用品，但在奈都的詩中，這些服飾與用品都經過刻意挑選，是印度的符號與代表，隱含著深度的文化意涵。

赭紅鑲銀邊的頭巾

Turbans of crimson and silver,　赭紅鑲銀邊的頭巾，

在伊斯蘭教與印度，男性們配戴的頭巾叫做「特本」，女性配戴的頭飾則稱為「希賈布」（hijab）。在錫克教註四，男性配戴的頭巾稱為「達司塔」（dastar）；女性配戴的頭飾則稱為春妮

戴著代表純潔的白色特本老者。

戴著多彩的黃色特本老者。

（chunni），樣式類似希賈布。

　　特本是印度教與伊斯蘭文化裡男性必備的服飾之一，更是錫克教的強制性頭飾。錫克教的成年男子不曾修剪過頭髮，表達尊重「自然生成的肉體」的教義，所以為了長髮的整潔與衛生，必須配戴特本。但是在印度教與伊斯蘭文化則沒有強制配戴的要求，有些甚至已經簡化成小型圓杯狀的特本。

　　大部分特本都以大約五公尺的長布纏繞而成，每次穿戴都重新盤整。為了方便，現代許多特本已經先縫整完畢，可以直接穿戴，無須纏繞。

特本可以防寒避熱，還能趨風避沙。配戴特本還是一種榮譽的行為，代表著精神的崇高，也代表著聖潔。（整理好頭髮，使之不油膩雜亂，既衛生又自重。）對於錫克教人來說，特本本身就是聖潔神聖的裝飾，必須好好安置與收藏。

　　穿戴特本的文化最早可以追溯到羅馬詩人奧維德（Ovid）在《變形記》（*Metamorphoses*）記載的「長出驢耳朵國王」的故事。大約在今日的土耳其地區，有個米底斯王國，國王（the Midas King of Phrygians）不想讓任何人發現他長了一對驢耳朵，於是就以代表高尚貴族的紫色特本刻意掩蓋住又長又尖的大耳朵。

　　古代特本的顏色與裝飾有特殊限制與習慣，樣式不可以隨便越界。上位者喜歡配戴紫色的特本，國王的特本還會鑲上銀邊、寶石、珍珠或瑪瑙，象徵富貴與權力；貴族的特本也有裝飾，但不能比國王的特本絢麗奪目，否則會被誤會想造反或被認定為貪汙。白色的特本代表和平與純潔，是最聖潔的顏色，伊斯蘭教經書就記載先知穆罕默德穿戴白色的特本；祂偶爾也會配戴黑色特本，代表謙虛、堅忍與抗拒。一般男性則多穿戴綠色或藍色的特本，對伊斯蘭教的男性來說，綠色代表天堂，而藍色（或海軍藍）則代表勇氣、戰爭與服從。

　　奈都故事裡「赭紅鑲銀邊」特本與橘紅色特本，各有兩種意義：首先，都代表犧牲與殉難，常常是有宗教地位的神職人員才會配戴的顏色。鑲銀邊則象徵富貴與權勢。橘色代表智慧與勇氣，是錫克族最喜愛的顏色之一；而紅色的另一個意義是新婚，婚禮上的新郎與新娘都配戴紅色的特本與希賈布。在印度的傳統

慶典中穿著橘色傳統服飾，戴著橘色特本的神職人員。

社會裡，特本不只是服飾的一環，也是精神與階級的象徵。

　　到了二十一世紀，穿戴特本已經愈來愈沒有強制性，而顏色的使用也愈來愈自由。年輕人配戴特本的裝飾意味重於精神意味，流行與服裝的配色才是最重要的考量因素。

紫織錦緞的衣衫

Tunics of purple brocade,　　紫織錦緞的衣衫，

　　奈都來到第一間商店，除了販賣男性喜愛的特本之外，還陳列著許多女性愛不釋手的錦緞衣衫或長裙，而且還是代表貴族的豔麗紫色。tunic在當代指的是短版上衣，但在印度傳統服飾裡則泛指各類上衣。西方發展出來的短版上衣常凸顯腰線，但是傳統印度衣衫並不特別強調線條，袖子也盡量寬鬆，避免身材畢露。

　　傳統的印度衣衫形式多樣，長袖短袖、長衫短衫、圓領尖領、高領低領、厚薄寬鬆，全部都有。材質上有的是棉布、有的是紗緞，更有蠶絲錦緞。顏色繽紛豔麗，有夏日較受喜愛的清爽淡色，也有在冬日展現的萬紫千紅。

　　印度服飾的圖騰種類繁多，不同區域就有不同的象徵圖騰。圖畫的內容都來自生活與自然，如花草、樹木、日月、雲朵、動物、原野等，將具象的外在世界以線條抽象化，設計成獨具一格的圖騰藝術。有些以手工印染而成，有些則是一針一針地慢慢繡刺而成，甚至鑲上閃亮的飾品、垂墜叮鈴，好不高貴。

印度鄉間穿著傳統長衫的女孩。

來到奈都所描述的商店，映入眼簾的是一排又一排的衣衫，肯定讓每個女孩子流連忘返。

今日的印度女性仍舊喜愛穿著傳統印度衣衫，寶萊塢女星也喜歡在幕前幕後穿著傳統服飾，融合現代化的穿著，例如把傳統的衣衫製作得更合身、性感，或是以傳統的長衫搭配牛仔褲等，使得充滿東方異國風味的服飾在印度依舊流行，並且在西方世界廣受喜愛。

琥珀邊框的鏡子

5　Mirrors with panels of amber.　　琥珀邊框的鏡子

妝點對於女孩子來說異常重要，這間服飾店也販賣鏡子，而且不是便宜貨，是有「琥珀邊框」的明鏡。（在百貨公司尚未普及的年代，市集裡什麼都賣。）

琥珀是樹脂的化石，歷經至少兩千五百萬到六千萬年的冶煉才能形成，大部分生成於波羅地海沿岸，因為鮮少而非常貴重。最高級的琥珀是包裹著珍奇異蟲的樹脂，剛流出來的樹脂包裹住昆蟲或花朵樹葉，經過泥土擠壓、海水濤洗，歷經千萬年依舊保留著透明的光澤，還有昆蟲花草的原始模樣。這樣的生命遺跡使科學研究者得以窺視千萬前的地球樣貌，也是普羅大眾連結生命與永恆的精神寶石。

無論在東方或西方世界，琥珀一直有神性的傳說，故有崇高

的價值與地位。希臘羅馬時代認為琥珀是太陽在人間的碎片，燃燒琥珀不只會有松樹的香氣（琥珀源自松樹的樹脂），也是與陽光的連結，因而具有療效。琥珀在中醫學裡是具有定志安神作用的藥材，印度人也認為燃燒琥珀產生的香氣是一種橋梁，可以連結人間與天界，於是琥珀也成為精神療法運用的物品之一，平衡與放鬆情緒。

把如此高貴的寶石當成裝飾的鏡子，一定是印度貴族才買得起的高檔貨，可見奈都所描述的市集不是一般婆婆媽媽買蝦買魚又買菜的普通市場，而是廣泛分布於海德拉巴的大型市場，貨源充足，無論高檔或低廉的物品都能在此購得。在大型百貨公司的概念還沒進入海德拉巴之前，市集就是當地的百貨公司。

在這個市集的服飾百貨商店裡，找得到所有裝飾用品，可以同時滿足男性與女性的需求，也滿足富人與平民。無論想透過服裝飾品顯示美麗，抑或是想以錦緞、琥珀與翡翠展示高貴身分，在小小攤販也能買得盡興。

翡翠把柄的匕首

Daggers with handles of jade. 翡翠把柄的匕首。

在服飾店裡販賣的配件，竟然有一般人認為是武器的匕首（dagger）。匕首被當成是配件用品，一定有其文化意義。

匕首又可以稱為「克爾本」（kirpan），源自於旁遮普語

（Panjabi），屬於印歐語系，大部分使用於印度西北方的旁遮普（Punjab）區域。克爾本在旁遮普語源於 kirpa 和 aanaa 兩個字根。kirpa 的意思是慈善、恩典與大愛，而 aanaa 則意味著榮耀、高貴與尊重。將兩個字根合而為一，意義與刀子毫無關聯，而與「神恩高尚」的抽象概念息息相關。由此不難發現匕首在印度文化裡隱藏的意涵。

在傳統印度與中東地區，祭司與王室男性都習慣隨身配戴黃金匕首（或說黃金克爾本），錫克教徒（sikhist）也會隨身配戴匕首。無論就皇室或宗教的角度來說，克爾本的作用都不是為了防身，而是身分與地位、信仰與品格的象徵。

克爾本大約長十五至二十五公分，一面鋒利，另一面平滑圓頓，是有點彎曲的短刀，象徵著「克服」。克服有兩種意思，一是外在的克服，另一則是內在的克服。由錫克教的教義來說，虔誠的錫克教徒必須是行俠仗義的仁慈之士，要有路見不平、拔刀相助的勇氣，所以一定得隨身攜帶匕首。

錫克教發源於十五世紀印度西北方的旁遮普，由精神導師古魯‧那奈克（Guru Nanak）所創，是融合印度教與伊斯蘭教精神所發展出的新宗教。根據宗教研究中心（Pew Religion Center）在2012年的報導，全世界的錫克教教徒大約有兩千五百萬人註五，超過臺灣的總人口數，相當於一個小型國家。錫克教是一神教，相信唯一真神，提倡人人平等，反對種姓制度，沒有偶像崇拜，所以不祭拜神像，而祭拜經典。錫克教經典是《古魯‧格蘭特‧薩希卜》（*Guru Granth Sahib*），由第十世的古魯古賓德‧辛格

玉柄克爾本

（Guru Gobind Singh）編纂，集合西元1469～1708年間，由第一世古魯開始傳頌的詩歌、語錄與讚頌詞。這本經典記錄著真神無私的愛與教導，還有教徒應該遵守的生活戒律。

　　錫克教教徒必須隨身攜帶5K，以五項生活用品象徵實踐精神的淬鍊。5K是五種看起來極不相干的物品或習慣，其中一項是克爾本，另外四項分別是：Kachera（棉底褲）、Kara（金屬手鐲）、Kanga（木梳）和Kesh（不理髮）。

　　教徒必須隨身穿著特製的棉底褲，有些人甚至穿著內褲洗澡，看起來像是自找麻煩，不過這對錫克教徒來說卻代表著克制欲望與機動性，隨時可以起身保護弱者。而教徒終生不可理髮，則是因為由身體長出來的東西都是自然生成的一部分，不可以隨便去除，否則就是對真神的不敬。因為終生不理髮，所以一定得

配戴特本。教徒也不刮鬍鬚，所以他們的造型都是戴著高特本的長鬍鬚爺爺。

整齊、清潔、簡單、樸素、迅速、確實是錫克教徒遵守的生活戒律，也是一切美德的起始。

隨身攜帶木梳也是嚴守紀律的一環，長髮和長鬚只要有一絲紛亂就應該盡快以木梳整理乾淨，每日至少早晚兩次。而金屬手環的「圓」象徵著生命的輪迴循環與永不止息，可以隨時提醒教徒生命輪轉的業與因果，警惕言行舉止，不觸犯五大宗罪，所以也必須隨身配戴。

所謂的五大宗罪又稱為五賊（five thieves），分別為色欲（lust, kaam）、暴怒（rage, krodh）、貪心（lobh, greed）、妄念（moh, attachment）、欺騙（ahankaar, conceit）。一位真正的英雄（無論男性或女性）最難克服的敵人並不存在於外境，而是隨時在側、時時窺伺的內在敵人，也就是心中的貪瞋癡。於是所有錫克教教徒都必須擁有及遵循5K，提醒自我時時檢視、觀照。

錫克教有五賊，基督教則有人的七大原罪：貪食、色欲、貪婪、悲嘆、暴怒、懶惰、自負及傲慢。顯然，欲望與憤怒是所有人的首要敵人。

在基督教傳統裡，黑暗人性被定位成「原罪」，是與生俱來的邪惡天性。然而在東方宗教的傳統裡，這些罪惡並非原生於人類的邪惡天性，而是內在的「賊」，雖然存於內在，看起來是人性上的錯誤，但是卻屬於外來的「侵入」，而非與生俱來。

相較於基督教傳統，東方宗教傾向於人性本善。人性原本應

該如神性一般慈悲真善與寬容，然而人容易受人間五賊誘惑，尤其在脆弱或是意志不堅之時，五賊易入人心，受囿於貪瞋癡。

身為人，生活於物質世界，要能一直維持如神一般無私、慈悲與寬容之心，就必須隨身帶著「抵禦內賊」的武器——克爾本。凡是能克制欲望、衝動，秉持善良的人生態度，就是人性的崇高範本，也是個人的榮耀，這也是為什麼克爾本的字尾會是榮耀與高尚的意義。若是達到這種境界，就是一位賢人，也是一種神聖的典範。這類的神聖典範就是錫克教的古魯（guru），也就是西方所謂的「精神導師」。

奈都描繪的市場裡有玉柄（handles of jade）的匕首，販售的對象若不是王公貴族，就是帶著崇高信仰的教徒，而最接近神的祭司和統治所有人民的王者，理當是心靈最為純淨之人，配戴匕首能時時提醒位高之人，在任何為政判斷的時刻都能堅信純潔心念。

番紅花、扁豆和稻米

What do you weigh, O ye vendors?　　賣家呀，喔，你秤啥？
Saffron, lentil and rice.　　　　　　番紅花、扁豆和稻米

逛著逛著，詩人來到米與豆的商店，這裡販賣著印度人每日每餐都離不開的番紅花、豆子與稻米。怎麼賣？散裝，用秤的。三種毫不相干的食物竟放在同一行落，隱含著什麼特殊緣由？

印度人也食用米食，不過不是臺灣與日本熟悉的粳稻，而是形狀細長的秈稻，稱為印度香米。

　　印度位於北緯八度至三十七度之間，氣候溫暖潮濕，適合種植水稻，產能良好。今日，印度的水稻年生產量僅次於中國大陸，是世界第二。印度當然也是以米為食、以米立國，不過印度人不只吃白米，還喜歡將米著色。

　　印度人以番紅花當成顏料，將白米染成黃澄澄的米粒，增添飲食的樂趣。番紅花是世界上最昂貴的香料，市場上所見成品，都經過繁複的收集與烘乾過程才能製成。番紅花又稱為藏紅花，原意是來自西藏的紅色香料，實際上卻來自中東。古時先由中東傳入西藏，再由西藏傳入中原，才讓中原人誤以為是由西藏傳來。無論稱為藏紅花或番紅花，都可以由字面上肯定其為舶來品。今日，番紅花依舊是昂貴的進口香料，全世界產量最高的出口國是伊朗。

　　番紅花屬於鳶尾科多年生植物，與鬱金香一樣，都是球莖植物，必須生長在乾燥無雨的區域，例如地中海沿岸與中東地區的氣候尤其適合。不過，種植番紅花並不容易，這種植物只有雄蕊，需要人工分割球莖才能繁殖，這正是番紅花昂貴的第一個原因。

　　藏紅花有「藏」也有「紅」，但是番紅花並非藏紅色，而是有著淡紫色花瓣的小花。人類拿來當成香料與染料的部分不是紫色的花瓣，而是一朵小花裡僅有的三根紅色雄蕊柱頭。柱頭細細長長，需要人工一一採收。此外，因為番紅花花期與花時短，於

新鮮番紅花的淡紫色小花與三根細長雄蕊柱頭。

乾燥的番紅花雄蕊。

是得在秋日中兩個星期開花期的清晨火速採收，只要陽光普照，盛開的番紅花就會快速枯萎。此外，花蕊一經採集也要馬上脫水烘乾，以真空處理，這是番紅花昂貴的另一個原因。

若想要採收一公斤的番紅花雄蕊柱頭，需要大約十一萬至十七萬朵番紅花；而採集十五萬朵花蕊則需要大約四十個工時；也就是說，一公斤的花蕊至少需要四十個工時才能累積而成。以一天四小時的清晨採集時間來計算，至少得花費一個人兩個星期的時間，才能收集到一公斤的番紅花蕊，於是，一公斤的乾燥番紅花雄蕊，品質最好者的價格可達一萬美元。

這種嬌貴的香料已經存在人類歷史長達四千年之久，光是人工繁殖的歷史就溯及三千年前的希臘時代。昂貴的番紅花讓產地周圍的印度人、中東人與歐洲人都深深喜愛。首先，番紅花的香氣融合了蜜香與天然香草芬芳，不只能將米飯染成耀眼的金黃色並增添風味，還能達到去辛的功效，於是歐洲人才有名揚四海的海鮮燉飯，而印度與中東也有以番紅花慢熬的黃金色燉肉。

這麼昂貴的香料是貴族與神聖的代表，因為只有王公貴族才能慷慨使用，還能染製衣服。

印度高僧與神職人員所穿著的黃色袈裟，最高等級者也是由番紅花染製而成。因為番紅花色（saffron）代表的是神聖的金黃色，穿著全身番紅花黃的僧人，由頭上的黃色特本到一身的黃色長袍，都能彰顯印度傳統的奉獻與救贖精神。

錫克教教旗（Nishan Sahib）也以番紅花的金黃色為主色，同樣傳遞古魯的教導：自持與無私的精神。中間的教徽由三種象徵物

以番紅花染成色的黃米燉飯。

組合而成，正中間是兩面刃的長劍，由一個圓圈圍繞；下方則被兩支單面刃的克爾本包覆。這些圖騰都與5K息息相關，圓形設計與金屬手環一樣，意味著循環不已的生死；克爾本暗示節制與自律；雙面刃長劍則代表捍衛真理、願意為聖潔犧牲殉難的勇氣。

印度國旗最上層的番紅花黃，訴說著同樣的精神。印度第二任總統薩瓦帕利・拉達克里希南（Sarvepalli Radhakrishnan）曾經這樣介紹印度國旗：

番紅花黃象徵犧牲與無私。我們的領導者必須無感於物質所得，而將自我奉獻於工作。中間的白色代表著光明、引領言行的真理大道。綠色代表我們與土地的連結，也直指賴以維生的植物。白色中間的法輪代表宇宙運行的原則。

真理、道法或是美德，必須是這張旗幟之下，人人生活與工作的首要守則。再者，法輪也意味著運行，有死亡的停滯，也有生命的運行。印度不該再拒絕改變，而必須不斷前進。圓輪正代表不斷和平前進的動能。註六

這麼不凡的香料、如此神聖的顏色，到底該怎麼控制用量？幸好花蕊的實力異常雄厚，只要小小一根雄蕊就能染出一鍋黃米飯，也能染出一條長特本。雄蕊的厚實力道使番紅花自古以來也是千金難得的壯陽聖品。

除了以米立國之外，印度人也愛扁豆，總產量是世界第二，僅次於加拿大。印度的扁豆並不是一種豆子，而是多種顏色與種類的乾燥扁豆，不屬於蔬菜，而是主食，就如同東亞人吃米食；墨西哥人吃玉米；西亞人、南亞人和南歐人則喜歡吃豆子。

錫克教教徽：一把雙刃刀、兩把克爾本與一法輪。

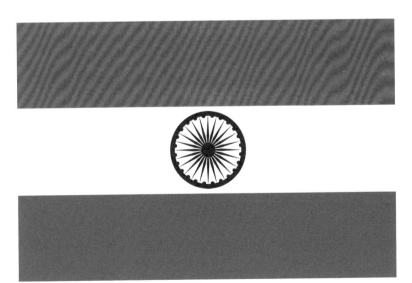

印度的三色國旗與法輪。

莎拉金妮・奈都（Sarojini Naidu）——印度的海德拉巴市集

扁豆的名稱 lentil 來自於 lens 這個字，以其形狀為名，是雙弧相交之意。扁豆生長在乾燥地區，正如拉達克里希南總統闡釋的印度國旗，「綠色代表我們與土地的連結，也直指賴以維生的植物。」

在印度幾乎每日每餐都可以吃到不同顏色的扁豆、大小不一的扁豆。乾燥扁豆需要長時間烹煮，至少要等個三、四十分鐘才會軟化，以製作彩色的扁豆沙拉；也可以將扁豆混米飯，做成印度人喜愛的扁豆飯（kichdi）；也能加上蔬菜製作扁豆湯，還能融合各類蔬菜與肉類慢熬而成扁豆燉肉。無論是扁豆湯、扁豆燉肉或是扁豆飯，只要在燉煮時加上一柱番紅花蕊，就成了金色佳餚。番紅花、扁豆、稻米，這三者真是印度飲食的黃金組合。

稻米與扁豆是南亞大陸最重要的糧食作物。有什麼類型的土地與氣候就有什麼類型的泥土與植物。植物種在土裡，而人類必須依賴當地植物而活，被土地的精神深深影響。於是，人與土地是一種循環關係。人類依賴土地，由土地獲取糧食的同時，也必須回饋土地。奈都所介紹的扁豆與稻米，代表兩種主食的綠色概念，意味著人與土地的和平循環；而番紅花香料則象徵著印度傳統的精神：犧牲、節制與智慧。

檀香、漢娜和香料

What do you grind, O ye maidens?　女孩兒們，喔，妳磨啥啊？
Sandalwood, henna and spice.　檀香、漢娜和香料。

燉豆蔬菜湯。

彩豆沙拉。

番紅花扁豆湯。

一旦脾胃充實，精神盎然，肉體已被滿足之後，人們開始追尋精神的芬芳。於是，奈都在下一行落便帶著讀者進入市集的另一個角落，尋找香氣。販賣香氛的人都是年輕女孩。奈都好奇地問她們：「在磨什麼啊？」

　　少女們（maidens）回答：「檀香、漢娜和香料。」

　　食物需要香料點綴；精神也需要香氣昇華。

　　檀香是印度香氛藝術的香氣之王，檀香樹是印度的重要資產。無論在傳統印度教或是傳統阿育吠陀醫學，都把檀香奉為聖品；點燃檀香可以芬芳家室，還能連結有形人世與無形神佛，除卻雜欲、療癒清心。

　　檀香也隨著佛教的傳遞，進入中國、日本和南亞各國，東亞都有千年以上的檀香歷史，文獻記載兩千年前南亞人就已經有使用檀香的習慣，若不是削成塊狀小木條，就是磨成粉末，以火薰燒。

　　檀香之所以是香氛之王，主要因為香味穩定與持久。在香味難以持久的香精裡加入檀香精油後，還能穩定其他香味，增加精油的持久度。這種「穩定」與「持久」的性質是其他香氣植物少有的特性，因此檀香才能稱王，獲得歷朝世代、世界各地的青睞。

　　檀木的原生地主要有兩處，一處在東南亞，另一處在澳洲。然而東南亞檀木與澳洲檀木品種不同，印度的檀木才是製作檀香與檀香精油的佳品，尤其以生長於印度西南方喀拉拉邦（Kerala）

的檀木為其中翹楚。

　　檀木是重要的經濟資源，於是印度政府將其列為國家資產，由林務局掌管，不能隨便砍伐。因為價格高昂（精油貴者可以高達一公斤兩千美元），所以必須好好利用樹木的每個部分。砍伐檀木斤斤計較，要從地面根部開始鋸斷，就算地面雜草橫生、灌木阻擋，也必須不畏繁瑣地從底部伐起，甚至愈底部的樹幹愈值錢，因為沉香持久。

　　香，是一種氣。印度教與阿育吠陀關於人體的解釋，有個觀念與氣功的「氣」極相通。人的組成除了有形的物質，同時有無形之氣，由氣（無形）與血（有形）相互交涉、相互影響。清新氣息生成健康的肉體；混濁氣息則廢物囤積，造成病痛疾患。然而，因為人容易忘卻內在的無形之氣，所以南亞宗教的中心概念，基本上都圍繞在如何修養內在的「氣狀」靈性，以達內外調和的安康人生。

　　氣狀靈性就是內在的無形之氣，是人類在出生前與死亡後的真我，也是神性的一部分，更是宇宙與一切。生與死，就是人類由宇宙而來，又再回歸宇宙的循環過程。

　　宗教與信仰希望幫助人們回想起出生前，那個擁有神性的真我，憶起自己是宇宙的一部分，提醒自己在物質世界的一切，不過是修養練氣、陶冶真我的過程。於是，為了回歸宇宙、連結神性，香氣的輔助就變得非常重要。所有印度廟宇裡都會薰燃檀香，幫助人們內在的能量氣息，隨著氣的走道由底輪往上行走，目標是達到七輪之頂，期待能超越二元對立的物質世界，與無分

多彩檀薰香。

檀香粉。

印度市集的多彩的香料攤。

別、無邊界的宇宙與神性直接連結。

　　檀香持久的柔和香氣是連結物質與靈性的工具，這種信念也是繽蒂（bindi）使用的概念。

　　繽蒂是印度女性額頭上的一顆紅點，與佛像、觀世音菩薩額頭上的突點概念一致。繽蒂的位置是七脈輪（the Seven Chakra）概念裡的第六輪——眉心輪（Ajna Chakra），是第三隻眼的位置。《聖經》與《佛經》都有關於第三隻眼的記載，也稱為內在之眼，位在雙眉間的內部，對應腦內的松果體（pineal gland），被認為是人類除了兩隻肉眼以外的第三隻眼。在二元對立的世界，第三隻眼一直閉合，所以僅能以肉眼看見物質世界，而不見自我以上的氣靈世界，也就是宇宙裡的無我與神性。

印度女性額頭上的紅色繽蒂。

莎拉金妮·奈都（Sarojini Naidu）——印度的海德拉巴市集

若第三隻眼開啟，人們就能認識自我與神性，甚至不再受物質肉體的牽絆。於是在額頭點上一抹檀香，甚至染上番紅花的檀香粉，遂變得極為神聖。繽蒂就是以檀木香氣慢慢染暈第三隻眼，希望其甦醒，通達神性，於是使用其他材質的繽蒂會變得沒有意義，甚至形成屏障，妨礙靈性成長。

　　繽蒂還有重要的文化意涵。未婚的少女可以把檀香粉末染成各種顏色點抹在額頭上，代表著青春與未婚。但是婚禮上的新娘一旦點上紅色繽蒂，自此再也不能改變顏色，這是已婚的記號，也是忠誠與犧牲的符號。人們最忌諱的是黑色繽蒂，那是霉運凶兆的顏色，即使寡婦可以點抹黑色繽蒂，有些女性也寧可不點。

　　繽蒂是女孩在皮膚上的美麗點綴，漢娜（henna）也是，又稱蔓蒂（mehndi），是以植物為顏料的身體彩繪，原料來自指甲花（henna）。指甲花喜好乾燥溫熱的天氣，分布於非洲、印度、巴基斯坦、中東，有高如樹者，也有小型灌木。喜歡使用漢娜的民族除了印度人之外，還有南亞人與中東地區的穆斯林人。凱撒大帝的情人埃及豔后（Cleopetra）也喜歡以漢娜妝點自己。漢娜的使用最遠可以追溯到青銅器時代生活在地中海沿岸的早期文明。有記載描述婚禮上漢娜藝術，在距今三千多年前，今日敘利亞地中海沿岸的烏加里特（Ugarit）。

　　漢娜一開始並不是身體彩繪的原料，而是沙漠地帶炎熱氣候下的皮膚冷卻材料，也就是「沙漠裡的冷敷」。遠古時代的母親喜歡把漢娜葉磨成粉、調成泥狀，塗抹在嬰孩的手腳心，透過冷卻效果幫忙散熱，使孩童不再哭鬧，後來，大家發現塗抹過的地

以漢娜彩繪雙手雙足。

穿著紅色紗麗的印度新娘和漢娜彩繪，手腕掛滿印式手環。

方都會留下暈染的效果，漸漸地，漢娜就多了裝飾點綴的藝術作用，遠遠超越冷敷安心的功能。

漢娜使用來自指甲花葉的粉末，但新鮮的指甲花葉並不能產生指甲花醌（lawsone），也就是指甲花的紅色素，必須等花葉乾燥，搗碎再磨成粉，產生指甲花醌，才能蔓延深入皮膚，形成宛若刺青的顏色。

磨成粉末的漢娜可以染髮、染鬚，更重要的功用是拿來製作刺青圖騰。最基本的做法是加水製成黏稠的膏狀物（henna paste），高級者則會加入精油，不只多了芳香，還能讓指甲花的顏色更深入皮膚，也保持得更久。

以長長的尖細工具挑起漢娜膏，細心地在皮膚上勾勒出各式美麗的圖騰。勾勒完畢，耐心等待數小時，乾掉的指甲花膏會漸漸剝落，最後就形成了華麗的漢娜藝術。

不只貴族喜愛漢娜，一般平民也能隨處取得漢娜的原料，許多印度女性都喜歡在平日以漢娜妝點自己，如同其他國家女性的化妝。然而，漢娜對於印度女性還有個更重要的意義——漢娜慶典，或稱蔓蒂慶典（henna party or mehndi party），對大部分的印度女性來說，也是生命中專屬於自己的最大慶典，一生中最美麗的一天——結婚典禮。

結婚日的前一晚稱為「漢娜之夜」，女孩從下午就開始準備整妝打扮，才來得及在隔天一早成為最美麗的新娘。在古代，許多女孩的媽媽、阿姨、姊妹們都會在這一晚前來幫忙打點妝扮，不只要穿上繡功繁複的婚禮紗麗，還要畫出最繁複的漢娜彩畫。

穿著傳統服飾的印度新郎與新娘。

等待漢娜乾燥的數個小時，新娘必須很有耐心地坐著等待，女性親友會陪伴著新娘唱歌又跳舞，給她娛樂和歡欣，也教導她各種幸福的婚姻之道。

漢娜一定要布滿四肢，顏色愈深愈是完美，新婚女性手上漢娜的殘留期間可以不用做家事（最長可達四星期），時間愈長愈是幸福的代表。於是，女方親人會想盡辦法讓漢娜密密麻麻地爬滿新娘的雙手，使新娘帶著滿滿的祝福進入新的家庭。於是，漢娜除了代表婚姻之外，也是祝福、幸福、多產與富饒的符號。

漢娜的文化深深地印刻在印度的文化裡，是印度女性生命中重要的一環。奈都曾經為漢娜寫了一首詩〈美讚漢娜〉，以下節錄其中的一段：

In Praise Of Henna

……………

A kokila called from a henna-spray:
Lira! liree! Lira! liree!
Hasten maidens, hasten away
To gather the leaves of the henna-tree.
The tilka's red for the brow of a bride,
And betel-nut's red for lips that are sweet;
But, for lily-like fingers and feet,
The red, the red of the henna-tree.

一隻柯其拉鳥（a kokila）站在漢娜花簇間（a henna-spray），唱著里拉里哩的歌，呼叫著少女們快呀快呀，該是採收漢娜葉的時候了。快快在清晨採收，放入缽中，和著琥珀、和著黃金，一起搗杵和研磨。快快採收漢娜葉，讓漢娜的紅（tilka's red）染褐新娘的雙眉，讓檳榔果的紅染紅新娘甜甜的雙唇，再讓漢娜的紅彩繪新娘宛如百合的雙手與雙足。

　　柯其拉是一種印度的原生種鳥類，長得黑黑醜醜，一點也不起眼，但歌聲卻如夜鶯般絕美。詩中里拉里哩（lira! liree!）的歌聲就是模仿柯其拉鳥。此鳥在印度是一種象徵，呢噥婉轉的歌聲代表著內在的美德，平庸的外表則代表著無須在意的肉身皮囊，於是「柯其拉」是一種讚美，形容內在美德溢於外在。

　　奈都撰寫這首讚美漢娜的詩歌，挑選柯其拉鳥當成催促少女的人生導師，即將走入婚姻的新娘若是聽得懂柯其拉的歌聲，應該明白維持長久幸福的真理，不是新娘外在的美貌，而是內在不間斷的成長。

　　漢娜並沒有因為印度走向現代化與西化而逐漸消逝，反而更蓬勃地發展，依舊受到女性歡迎，在歐美亦然，成為年輕印度女性創業的選項之一。

棋子與象牙骰子

What do you call, O ye pedlars?	小販啊，喔，你喊啥啊？
Chessmen and ivory dice.	棋子兒和象牙骰。

女性喜歡檀香、漢娜和香料，男性們則喜歡西洋棋賽和骰子賭博，這兩者應該就是人類早期的桌遊。看到西洋棋的「西洋」兩字，剎那間會以為這遊戲肯定來自西方，西洋棋的確在西方逐漸定型、壯大與拓展，然而發源地則是印度。

西洋棋的歷史源頭可以回溯到西元三世紀至六世紀的印度黃金時期──笈多王朝（Gupta Empire）。笈多王朝應該是印度最輝煌的時期，無論是宗教、文學、科學、天文、數學和國勢，在當時的世界名列前茅。即使到了七世紀後笈多王朝，都還相當有文化成就，讓遠在東方的唐人玄奘願意徒步負笈取經。

笈多王朝的數學已經相當發達，今日「零」的概念就發源於此時，當時的聖使也已經算出圓周率。更令人驚嘆的是，西元六世紀，當歐洲的中古騎士還在十字軍東征和逃避黑死病時，印度人早就知道地球是圓的，而且還會自轉，天文學比歐洲進步大約一千年，也明確地記載月球與其他行星的光，實際上是反射自太陽，解釋了日蝕與月蝕的由來。如果數學與天文學都已經有如此發展，當時的人發明桌遊一點也不難。

西洋棋是一種充滿數學原理與邏輯訓練的遊戲。棋盤由8×8的黑白方格交錯而成，玩者雙方各有十六只棋子，經過排列組合，棋局的空間複雜度將近有十的五十次方之多。除了以數學為基礎之外，西洋棋的設計也包含軍事部署的概念。原始的印度西洋棋在設計十六只棋子時，是根據當時笈多王朝的軍事組織：除了一王一后之外，就是步兵（infantry）、騎兵（cavalry）、象兵（elephants）與戰車兵（chariotry）。

七世紀後笈多王朝時，西洋棋隨著戰亂傳至波斯帝國，九世紀又隨著十字軍傳至南歐，到了十五世紀已經成了歐洲的民間遊戲，也經過多次改良，成為今日所見的棋盤、棋子與制度。

奈都以英文撰寫〈海德拉巴市集〉，描述著二十世紀早期的印度市集，提及曾經源自印度黃金時期的西洋棋，不知道她心中有什麼感觸？從印度傳到西方的文化在歐洲發揚光大，而曾經落後印度千年的歐洲已經遠遠超越印度，甚至殖民印度。歷史的更易興迭讓人唏噓不已。

市集裡的小販不只賣西洋棋，也賣骰子，而且是象牙骰子。骰子的發源地也不是歐洲，而是中東地區。最早的骰子出現在美索不達米亞平原一座古墓，距今大約四千四百多年。以骰子玩的遊戲出現在各個古文明的文獻裡，包括《聖經》，是一種無論王公貴族或市井小民都玩得起的遊戲。遊戲雖然親民，但是玩具卻分等級。奈都所描繪的市集，販賣的是以象牙雕製的骰子，是貴族富人才可能擁有的高級玩具。

在尚無電視影像、也沒有手機網路的二十世紀初，以棋子、骰子為主的桌遊應該是日常生活中相當重要的休閒娛樂。所需空間不大，就能打發閒逸時光，還能較量鬥智。男性間的交流情誼，若不是騎馬打仗，大概就在棋場廝殺吧。

手環、踝環和戒指

What do you make, O ye goldsmiths?　　金匠啊，喔，你做啥啊？

Wristlet and anklet and ring,　　　　　　手環、踝環和戒指，

　　奈都逛到市場之心的金飾店，裡頭的金匠正忙著冶鋍，製作閃閃發亮的手環、踝環和戒指。奈都介紹的海德拉巴市集是印度最大的手環交易市場，最繁忙的手環市場位於查米那清真寺（Charminar）旁的拉德市集（Laad Bazaare）。查米那清真寺建立於1591年，專賣手環金飾的拉德市集也大約在此時展開南亞的金飾交易，活絡至今。可見海德拉巴是南亞的富庶之地，光是金飾交易市場就有五百年的歷史，會有這麼長的交易歷史、這麼大的市場供應量，因應的就是印度人對手環的強烈需求。

　　英文裡的手環（bangle）是外來語，來自印度語的 bangli 或 bangri，意思是玻璃做的手環和手腕的裝飾物。在印度，無論是掛在手腕或是腳踝上的硬式環狀飾品（非鍊狀）都稱為 bangle 或是 bangli。奈都詩句裡的手環和踝環指的就是 bangle，而不是一般的 wristle 和 anklet。

　　印度大約在五千年前就已經有穿戴手環的習俗，剛開始以貝殼或青銅製作，後來製作工法愈來愈精細，冶煉技術也愈來愈純熟，只要能雕琢出圓形環狀物的礦物金屬，都能製作印式手環。對印度女性來說，穿戴手環不是單純的裝飾或流行，而是「必須」，尤其是已婚婦女。

　　如同已婚婦女要在額頭上點上一顆紅色的繽蒂（寡婦除外），也要在雙手穿戴手環，而且戴得愈多愈好，因為手環是幸福與祝福的符號。古代的印度人甚至認為女性手環愈多愈能保佑

男主人的事業與安康，更是佑護子女的屏障，於是戴手環是義務與美德；相對地，不穿手環不只不道德，還會帶來不吉利的厄運。有些非常傳統的印度女性在更換手環時，還會擔心兩手空空將召喚厄運，於是以紗麗在手腕上纏繞一圈，代表手環，直到手環都戴好之後才解開，以此確保一家人永遠幸福安康。

　　未婚的女性可以自由選擇戴或不戴手環。但從婚禮前一天的漢娜之夜開始，女性就再也沒有選擇權，而必須一生都穿戴手環，僅在懷孕期間取下，因為環聲會驚動胎兒，使胎兒靈魂著魔，帶來厄運。這種代表一生健康與幸福的手環，肯定是貴重首飾。

　　婚禮上使用的手環若不是金銀、象牙，就是玻璃、寶石。雙足的踝環也不可漏掉，還有由金手環連結至金戒指的華麗手鍊。這些光耀奪目的寶珍貴金不只顯示婚禮的隆重，也暗示了海德拉巴的繁榮與印度奢華的一面。

　　不同顏色的手環有不同涵義，不同區域的習俗也會產生對顏色的不同需求。綠色是大地的顏色，代表多產與富饒；金色代表富貴與幸運；紅色代表熱情與活力；黃色代表永恆的幸福；白色代表新的開始。

　　錫克教的婚禮上，父親不只會贈送手環給新娘，也會贈送新郎。新娘收到的手環是紅白相間的串環（choora 或 chooda），代表新婚與能量，因為婚姻必須充滿熱情與能量，一同創造新生命與新家庭。而新郎收到的手環則是前面介紹的5K之一的金屬手環kara，除了守戒之外，丈人也想提醒新郎牢記錫克教的平等之心，

海德拉巴市集販賣手環的店鋪。

掛滿手環與簡單漢娜的印度新娘。

與妻子相互扶持。

　　奈都也曾經為手環寫過一首詩〈手環商人〉，描述來到廟會的手環商人正在介紹各類不同種類與顏色的手環。有些手環適合渴望愛情的女孩，有些適合追求幸福的新婚婦女，也有適合歷經歲月、智慧增長的母親。無論哪種年紀的女性都能在手環裡找到屬於自己的顏色，代表其心情與經歷。

　　節錄其中一段：

The Bangle Sellers

Some are purple and gold flecked grey

For she who has journeyed through life midway,

Whose hands have cherished, whose love has blest,

And cradled fair sons on her faithful breast,

And serves her household in fruitful pride,

And worships the gods at her husband's side.

　　紫色、亮色的手環，光耀點灰閃，偉大的女性配戴著，象徵她盡心照顧家庭、孩子，期望永保安康。

　　無論在歐美或印度，印度婚禮都是非常重要的產業。在二十世紀末期大量移民至美國生活的印度人都有了第二代，如今已到適婚年齡。比起大部分美國人，印度第二代的收入相對較高，也比較願意花錢，於是許多年輕人都期待能夠轟轟烈烈地舉辦盛大

的、融合傳統印度與西方的婚禮。根據婚禮顧問公司的數據_{註七}，一場美國婚禮大約招待一百四十人，花費兩萬九千美元，但是一場印度婚禮大約招待五百人，必須花費六萬五千美元。而高端客戶的印度婚禮，一場可能高達二十萬美金。印式婚禮每年粗估有四十至五十億美元的市場，而且朝著每年25％至30％的速度持續成長。不只寶萊塢的電影，漢娜、印式手環、紗麗和特本等，都悄悄地一步步跨入主流文化，默默地影響著世界。

鴿踝繫鈴、腰鍊與劍鞘

Bells for the feet of blue pigeons,	寶藍雉鴿踝繫鈴，
Frail as a dragon-fly's wing,	輕薄宛如蜻蜓翼，
Girdles of gold for the dancers,	舞者金色的腰鍊，
Scabbards of gold for the king.	國王金色的劍鞘。

不只冶煉手環與踝環，金飾商人也打造更細緻輕薄的雉鴿踝鈴。二十世紀初期，奈都撰寫詩歌的年代，既沒手機也沒有網路，即時通訊必須仰賴雉與鴿。經濟不甚充裕的平民訓練白鴿來送信；有錢有權的貴族飼養貴重的寶藍雉，往來城堡送訊息。鴿雉送訊息，需要小巧的鈴鐺，就是當時的響鈴。只要在鴿與雉的細細腳踝上套個小巧的響鈴，叮叮噹噹地，就能通報信件來到。白鴿的踝鈴，隨便的金屬就能製作，但是藍雉的踝鈴就馬虎不得了。為高貴藍雉所配戴的踝鈴，傳送的是貴族的訊息，當然要展

詩想：看見邊緣世界的戰爭、種族與風土

王公貴族的金色長劍。

現富貴的氣息，又不能粗重，最好輕盈剔透、薄如羽翼。

要打造「薄如蜻蜓的羽翼」的金飾，金匠的手藝肯定高超純熟。奈都這一段描繪不只展現了貴族揮金如土的習性，更讚美金匠的工藝技術。

海德拉巴市場的金飾，小至一般民眾的嫁娶、通信，大至舞者的腰帶、王者的劍鞘，都能尋得。國王與貴族隨身攜帶的劍有兩種，第一種是短劍克爾本，另一種則是用於抵禦的長劍，當然不是一般的銅鐵劍鞘，既不高貴又沉重，必須用黃金製作。

印度舞者的腰間也有閃亮的金飾，因為印度的舞蹈極為神聖，在古老印度，舞者是神職人員之一，因為舞蹈是神廟的敬神儀式。特殊的歡慶節日也有舞蹈表演，不過最終仍然是宗教意義。

印度舞蹈與印度教神話息息相關，濕婆（Shiva）即被奉為舞蹈之神。濕婆是位男神，掌管宇宙起落運行，他的舞蹈表現由出生到成長，由成長至高潮，再由高潮到崩解，直到完全瓦解，又再重生的過程。

不同的區域、不同的經典就有不同的敬神方式，於是舞蹈的服裝與內容也迥然不同，古典的印度舞蹈就有六大宗派。當代的印度舞蹈還存在著敬神的目的，節慶典禮都需要傳統舞蹈表演印度的神話故事，傳遞生命的意義。因為寶萊塢電影的盛興，印度舞蹈的需求變得更為龐大，也因為戲劇裡必備的歌舞橋段，使得印度舞蹈輕易地傳入西方市場，成功地輸出文化。

傳統的印度舞蹈。

檸檬、石榴和紫李

What do you cry, O fruitmen?　　水果販，喔，你嚷啥啊？
Citron, pomegranate and plum.　　檸檬、石榴和紫李。

　　接著，奈都來到專賣水果的攤位。老闆說：「我有檸檬、石榴和紫李。」各有來頭。首先介紹家鄉的香水檸檬（citron），又稱枸櫞，也是柑橘的一種，但是與臺灣所見的檸檬不相同。枸櫞是印度原生種的柑橘植物，喜歡乾燥溫暖或炎熱的氣候，表皮粗糙，而且色黃，食用方式與檸檬相同。

　　其次，石榴也是印度的特產，原生於伊朗與北印度一帶，也喜歡乾燥炎熱的天氣。經過繁殖，整個印度以及地中海地區都有大量的石榴，後來還在張騫通西域時傳到中原。在南亞，石榴可以當成水果食用，也可以做成甜點，還能放入湯中煮食。石榴裡有顆顆粒粒的種子，自古以來一直是象徵意義十分豐富的水果，例如中國自古就以其象徵多子、多孫、多福氣。在印度，石榴也因此意味著多產與富饒，能生出許多生命，繁衍不息，成為大地女神（Bhumi, the Mother Earth）的象徵。

　　從枸櫞到石榴，奈都介紹的都是合適生長於當地的水果，也是飲食中常見的蔬果（既是蔬菜，也是水果）。不過第三種水果是高貴的舶來品──紫李（plum）。紫紅色的李子與枸櫞或石榴很不一樣，檸檬和石榴都是厚皮的水果，但是李子卻皮薄多汁，很顯然地，是乘著交通工具、由遠方來到印度的嬌貴水果。

印度水果攤。

代表多子多孫的石榴。

人類很早就懂得栽種、食用李子。最早的李子生長在地中海沿岸與高加索山附近，還有中國。印度的李子就是隨著蒙古大軍傳至印度的高級外來品。

西塔、薩朗琴和鼓

What do you play, O ye musicians?	音樂家，喔，你彈啥啊？
Sitar, Sarangi and drum.	西塔、薩朗琴和鼓。

　　水果是舌尖上的娛樂與享受；音樂與咒語則屬於心靈。市場街頭的藝術家一邊表演琴藝，同時展示樂器。奈都介紹了三種印度傳統音樂裡的樂器：西塔琴（Sitar）、薩朗琴（Sarangi）和印度鼓塔布拉（tabla）。

　　大約三千五百年前，南亞人就已經發展出屬於自己的音樂。一開始的音樂是為了宗教與祭祀服務，最早記載於《吠陀》（Vedas）。吠陀的意思是智慧、啟示，廣義地說，包含四大經典，分別為《吠陀本集》（Vedas）、《梵書》（Brahmana）、《森林書》（Aranyaka）和《奧義書》（Upanishads）。

　　印度音樂可以分成北印度音樂（hindustani music）與南印度音樂（carnatic music）。北印度音樂因為開放的地緣關係，融合了波斯與阿拉伯的音樂，樂風比較開放，充滿了即興。至於南方音樂因為地理上較封閉，傾向於音樂本身的內部演化，使得樂風趨於保守，有樂譜、結構清晰。無論北方音樂或南方音樂，傳統的

印度音樂都使用樂器，樂器的種類隨著區域差異而改變。

　　詩中，奈都所介紹的樂器都是北印度音樂的樂器，常見西塔琴與薩朗琴，兩者都是弦樂器。西塔琴是以手指撥弦的樂器，而薩朗琴則類似提琴，必須以弓滑弦。塔布拉則是兩個一組的鼓，一個高音一個低音。只要有這三個樂器就能組成一個小樂團。

　　奈都在二十世紀初期就以《時間之鳥》這本詩集，向西方世界介紹印度的傳統樂器。不過，西方世界對於印度音樂的深度認識與接受，得等到六〇年代，印度音樂大師拉維・香卡（Ravi

街頭音樂家彈奏西塔琴與薩朗琴。

西塔琴。

Shankar）來到歐美表演以後。

　　香卡是一位北印度音樂的西塔琴家，也是一位傳統音樂作曲家。他來到美國時正值越戰時期、嬉皮崛起，於是充滿印度宗教與東方哲學的音樂馬上獲得青睞，很快地融入美國的主流音樂（香卡曾獲三座葛萊美獎）。他還與披頭四樂團的喬治‧哈里森（George Harrison）成為摯友，相互影響對方的創作。二十一世紀初期深受喜愛的爵士女歌手諾拉‧瓊斯（Geethali Norah Jones Shankar）即是他的女兒。

街頭魔術師

What do you chant, O magicians?	魔法師，喔，你唱啥啊？
Spells for the aeons to come.	呼喚遠古的咒語。

　　印度的街頭魔術師大約由十八世紀開始盛行，到了十九世紀，其驚人的魔術幻技已經舉世聞名。

　　傳統的魔術不單純是為了娛樂大眾，早期的魔法師應該稱得上是街頭的醫師，他們懂草藥也懂經典，不僅能為百姓解答心靈的疑惑，也能解決身體的小病痛。當人遇到生命的難題，深感枯竭煩躁時，就會到市集來買個魔法或咒語，呼喚神靈相助。於是，早期的魔法師在玩弄幻技、故弄玄虛之時，還將宗教智慧與人生哲學融入咒語與魔法裡，成為寓教於藝的街頭娛樂。

　　二十世紀的印度魔術已經是一套技巧精湛的表演藝術，魔術

印度幻術。

的娛樂意義已經遠遠超越教育意義。印度魔術師最為世人讚嘆的技術，包括繩索幻技（rope trick）、印度籃子（indian basket），還有弄蛇術（snake charming）。

南亞的弄蛇藝術聞名於世，奈都也在《時間之鳥》詩集中，為此寫了〈蛇的慶典〉（"The Festivals of Serpants"）。繩索幻術一直深受喜愛，也很常見。沒有骨頭的繩索可以從竹簍子裡探頭，然後直挺挺站著。印度魔術師還有更高竿的表演，會沿著已經僵硬垂直的繩索一直往上爬、往上爬，然後消失在繩索的頂端，即使觀賞者還聽得見他說話。最後他會忽然間現身在觀眾周圍，引起一陣譁然！我小時候常為這種幻術著迷。

印度籃子也很奇妙，大概就是瑜伽縮骨功的表演。魔術師準備一個比他還要小的竹簍子，頂多只能裝小孩子。雙腳踩入後，一點一點地沉入簍子，最後整個人埋進竹簍裡。

奈都描繪的印度市集，除了買衣服、短劍，挑金飾、香料，還可以表演、聽音樂；若是生病、心情不好，也有心理師與草藥師為人說咒語、抓草藥。二十世紀早期的印度人上街逛一趟市集，比起現代人逛百貨公司更有趣。如果能來到這樣的市集，我應該會流連在魔術的攤位，久久不能自已。

織花女孩

25　What do you weave, O ye flower-girls?　織花女孩，喔，妳織啥？

印度吹蛇人。

With tassels of azure and red?	蔚藍豔紅的流蘇。
Crowns for the brow of a bridegroom,	新郎前額的花冠，
Chaplets to garland his bed,	圈他新床的花環，
Sheets of white blossoms new-gathered	鑲白鮮花的床單，
To perfume the sleep of the dead.	芬芳亡者長眠床。

最後，總算來到詩的尾聲。

前面四個段落的商店攤位販賣的是食衣住行和育樂，來到最後一段賣花女孩的小攤，奈都又問：「織花女孩兒，妳們在織什麼啊？」

織花女孩要整理的花朵很多，要織的花環種類也很多。花圈或鮮花流蘇（tassel）占據印度人生活的每個角落。無論日常生活或是各類節慶，印度人都不忘以鮮花點綴。大部分的花圈多以鮮花製作，去其花柄，以整朵花一朵一朵拼接織成。除了各色鮮花，有些花圈也會織入香氛鮮草，甚至蔬果。

這些鮮花香草與蔬果都代表著祝福與幸福。

印度婦女在穿著紗麗時，喜愛在頭髮耳際別個鮮花飾品；喜歡在房子家具掛上許多花圈；也喜歡為神像掛上花圈，有時掛了好幾圈。若沒掛上花圈，就是掛上色彩繽紛、花團錦簇的長長流蘇。李安導演《少年Pi的奇幻漂流》（*Life of Pi*），就有好幾幕 Pi 與舞蹈女孩在市集花圈流蘇間穿梭流連、旒旎傳情的鏡頭。李安一定知道這些鮮花是愛情的符號。

印度婚禮都會使用大量花圈與鮮花流蘇（印度有很大的花市，以往都是國內使用，近年來也開始大力發展外銷花業）。不只是典禮、新房的布置，新娘和新郎身上也掛滿各式花圈與流蘇，親人身上也有鮮花裝飾。當奈都問著織花女都在織些什麼花時，最先回答的是「蔚藍豔紅的流蘇」，那是新郎的花冠。

以滿滿的花圈、流蘇點綴裝飾的婚禮，是人生的重要門檻。跨過此門檻，以個人為單位的人生就終止了，而進入以家為單位的人生。

不過當祝福與幸福太多太滿時，一定有人嫉妒，於是，幸福又喜悅的新郎必須低頭與低調。這種刻意的低調就展現在新郎特本的鮮花流蘇上。印度新郎的禮服包含一頂紅色特本，還有裝飾

印度街頭市集的織花女編織長花串。

印度花市一疊疊的圓形花圈。

莎拉金妮・奈都（Sarojini Naidu）──印度的海德拉巴市集

印度新郎的瑟和拉。

在其前緣稱為「瑟和拉」（sehra）的鮮花流蘇，長長垂墜，一定要完全遮掩臉與雙眼，是婚禮上的避邪吉祥物，主要流傳於印度北方，目的是阻擋來自「邪惡之眼」（the evil eye）的貪婪凝視。

印度北部有一個融合中東神話與當地文化的傳說，相信人在最幸福之時容易遭嫉，若不小心被邪惡之眼瞥見，肯定會招致疾病、霉運等不幸。於是新郎必須以長長垂墜的流蘇遮掩幸福之眼。

印度婚禮會以滿滿的紅色鮮花布置新房與新床，甚且在床的四周掛上鮮花流蘇，裝點成鮮花床帳，包圍整張新床。大紅新床讓人熱血沸騰，也有偏好以紅色與白色為主的裝飾，再加上綠色或粉紅色等鮮花。多采多姿的花圈與流蘇變化出許多造型的婚禮新床，畢竟這是「創造新生命」的聖殿，當然受到重視。

然而，生命有始也有終，印度人相信人有肉與靈二個部分，靈魂如神般純淨，肉體則是人間的皮囊，是靈魂在世界的暫居所。當肉體有神聖的靈魂時，肉體也是神聖的，然而抵達生命終點時，靈魂已經離去，肉體也就成了空殼子，不再神聖。

印度人認為死亡的肉體是不潔的，但精神靈魂依舊潔白宛如聖潔的花朵，只要純真無瑕的靈魂能夠遠離不潔之體，與芬芳（花香或檀香等）一起超越肉體的束縛，將隨著詠唱的頌詞進入神靈永恆的世界。等到靈魂平息與安頓之後，便能輪迴轉世，重啟生命的旅程。印度人會準備許多潔白的鮮花，圍繞在即將火葬的肉體旁，陪伴不潔的肉體，前往極樂世界。

生命的輪迴就是「輪」的概念，是印度國旗中間的法輪，也

印度市集的長條花流蘇。

是錫克教教徒隨身攜帶的金屬手環，以及教旗上教徽中間的圓輪符號。印度人無論是什麼派別或區域，都一致信仰著「輪」，並實踐在生活細節裡。

織花與生命輪轉的概念也出現在奈都的另一首詩歌〈印度織花女〉（Indian Weavers）。在這首詩裡，她問著天剛破曉就開始織花的女孩到底在織些什麼？女孩給的答案是：「給新生兒的小花袍、新嫁娘的花冠，還有逝者的壽衣。」

美麗的花朵有著芬芳的清香，彷若人們神聖的心靈；然而再美麗的花朵也躲不過時間前行，人們也是。幸好美麗花朵的芬芳香氣早已進入人的心靈，所以人的純淨心靈也會進入宇宙，與一切合一。

Indian Weavers

Weavers, weaving at break of day,
Why do you weave a garment so gay? …
Blue as the wing of a halcyon wild,
We weave the robes of a new-born child.

5　Weavers, weaving at fall of night,
Why do you weave a garment so bright? …
Like the plumes of a peacock, purple and green,
We weave the marriage-veils of a queen.

印度恆河邊的喪禮與火葬。

Weavers, weaving solemn and still.

10　What do you weave in the moonlight chill? …

White as a feather and white as a cloud,

We weave a dead man's funeral shroud.

　　總算隨著奈都細細地逛完海德拉巴市集。這首詩以簡單的歌謠形式，唱出看起來平凡又單純的印度生活。仔細閱讀之後便能瞭解奈都是如何認真地透過英文詩歌傳播曼妙的印度文化。她在一首詩裡頭，將印度的宗教、生活、精神、文化等分門別類，一一介紹，足見她的野心。難怪1913年《紐約時代雜誌》讚賞這首詩為一顆「閃耀的東方寶玉」。

　　〈海德拉巴市集〉是個印度博物館，無論是再平凡的簡單食物，還是貴重的黃金琥珀；無論是輕如鴻毛的番紅花，還是變化萬千的魔術與音樂，都滔滔地訴說著印度的精神與生命的哲學。這就是奈都令人敬佩的地方。生在二十世紀初期與被殖民兩百年的印度，她卻一點也沒有因為國勢衰弱而看不起自己的國家；相反地，在每一首詩裡不斷讚嘆自己生長的土地。對她來說，種植在這塊土地上的一分一毫都好美：美麗的織花女、華麗的特本和紗麗、技巧高超的音樂家和魔術師，還有代表靈性的香味與色彩等，都值得被全世界看見。

　　在奈都所有詩歌裡都可以發現她對於國家的熱情、讚嘆與感激，她真的是一位虔誠愛國的偉大女性，真誠地熱愛每一寸滋養

她的大地。當知道自己的國家處在危機時，她參加了甘地的不合作運動，支持印度獨立。獨立之後，知道國家仍有不足，她也參選國會議員，希望藉由建立制度，提攜印度走向更好的未來。

政治上，她以行動實踐；寫作上，她則不斷讚嘆印度，這樣的情感也展現在她為印度撰寫的一首詩〈給印度〉（To India）：

To India

O young through all thy immemorial years!
Rise, Mother, rise, regenerate from thy gloom ,
And, like a bride high-mated with the spheres.
Beget new glories from thine ageless womb!

5   The nations that in fettered darkness weep
Crave thee to lead them where great mornings break....
Mother, O Mother, wherefore dost thou sleep
Arise and answer for thy children's sake!

Thy Future calls thee with a manifold sound
10 To crescent honours, splendours, victories vast;
Waken, O slumbering Mother and be crowned,
Who once wert empress of the sovereign Past.

她鼓勵大地母親快快甦醒，鼓勵印度母親快快站起來。這個古老的國家過去一直沉睡，已經陷入黑暗，所有印度子女都等著她甦醒。

若不是對於自己國家的文化有深刻的認識，對於家鄉有著無比自信與喜愛，奈都如何能以被殖民國的國民身分來到英國，再以殖民國語言書寫家鄉的景物與風土民情，信心滿滿地介紹市集裡的販夫走卒、食衣住行。

到底是什麼樣的信念一直維繫著她的熱情呢？為了改造國家，她曾經這麼對印度人說：「我們需要的是更真誠的動機、更勇敢的發言，還有更熱情的行動。」（We want deeper sincerity of motive, a greater courage in speech, and an earnestness in action.）

詩已解說完，如果對奈都的其他詩歌仍有興趣，文中出現的兩本詩集可以在網路文獻上免費取得：

The Bird of Time 《時間之鳥》

https://archive.org/details/birdoftime030731mbp

The Golden Threshold 《金色起點》

https://archive.org/stream/modernpoetryfrommoor#page/n11/mode/2up

【附錄2】印度的語言

印度接受英國殖民長達百年，科技高等教育也在國際上享有盛名，於是大多數人一直認為其以英語當作官方語言，人人都能說英語，實際上卻完全不是這麼一回事。

殖民地的條件與高科技，不代表這個國家的人民就享有得天獨厚的絕佳語言學習環境，也不保證人人都能自然而然地看英文、說英語，印度國語不是英文，也沒有所謂的「國語」。

印度有官方語言，即是印度語（Hindi），英語曾經也是官方語言，但是已經於1965年終止，成為輔助性的第二官方語言。印度語或英語主要使用於公務來往文書，但不等同於國語，並非所有民眾都必須說印度語或英語不可，生活上需要用到英語的民眾僅是少數。

中等與高等教育雖然會教授英語，不過就教育不普及的印度來說，真正能夠自然而然地使用英語的人數，沒有想像中多。一般人使用的語言，除了母語之外，再來就由各州決定，可以根據當地民眾的母語自定州語（the official state language），例如奈都書寫的海德拉巴市所在地安德拉邦州（Andhra Pradesh），其州語就是泰盧固語。

目前各州的官方語言總計二十二種，其中最多人使用的是烏爾都語，其次是孟加拉語（Bengali）及泰盧固語。烏爾都語的

語言結構與發音幾乎與印度語如出一轍，兩者常被視為同一種語言。若是將印度語及烏爾都語當成同一種語言來看，就是世界上使用人口第四多的語言，僅次於中文、英語及西班牙語。

因為既沒有強制說英語，也沒有說英語的客觀環境，於是一般人通常不會說英語。能說英語的人大多站在比較有利的社會地位，於是基於獲得更好資源的期待，英語焦慮實際上也普遍存在於印度人心中。2011年，印度的識字率是74%，低於國際平均值84%，女性的識字率則更低（2011年的男性識字率為82.14%，女性則為65.46%）。此外，識字率與貧富差距有關，社會階級愈高、經濟能力愈高，識字率愈高；貧窮者的識字率則相對較低，一般民眾若毫不識字，要能說出英語，真是遙不可及的夢想。

根據2010年《印度人民發展報告》（*Human Development in India: Chanllenges for a Society in Transition*）註八，印度只有28%的印度男性能說英文，僅有5%具有流利的英文能力。女性則僅有17%能說英文，其中僅3%為流利程度，微乎其微。

印度發行的電影《救救菜英文》（*English, Vinglish*），呈現當今印度的普遍現象，女主角莎希是83%不懂英語的女性大眾，而她的先生則是5%的知識分子。

電影故事裡的英語焦慮並非少數人的心態，而是許多印度男女普遍的困擾。殖民的歷史並沒有為這個古老神祕的國家帶來多少語言優勢，英語仍舊是難以跨越的障礙。也就是說，不是曾被英、美殖民過的國家，人民就能自然而然地說英語。事實是，就算曾經被殖民，人民也不盡然懂英文，不見得說得出好英文。

莎拉金妮・奈都（Sarojini Naidu）——印度的海德拉巴市集

註釋：

註一、奈都的第一部詩集為《金色起點》（ *The Golden Threshold* ），1905年於英國倫敦出版。網際網路檔案館（ Internet Archive ）有奈都詩集全文。《金色起點》位於https://archive.org/stream/goldenthreshold00naidgoog#page/n10/mode/2up ；《時間之鳥》位於https://archive.org/stream/birdoftime030731mbp#page/n5/mode/2up 。

註二、關於「印度語言」的介紹寫在這個章節最後。

註三、〈海德拉巴市集〉無論是在音節或在句末之處，都有對稱規矩的韻律與韻腳，不過在翻譯的過程為了顧及字數的韻律，則難以同時照料句末韻腳。若為照料句末韻腳，則又可能難以配合平易近人的文字風格。於是，最後決定於翻譯時，先配合詩歌的韻律與文字，至於韻腳則勉強犧牲。（這個注釋由原本的地方，調整至開始討論詩的起始句「What do you sell, O ye merchants? 商人們，喔，你賣啥？」之後）。

註四、錫克教是印度眾多宗教的一個分支，大約於十五世紀時由印度教發展而來的一神教，主要分布在南亞。目前全世界有大約兩千五百萬的錫克教教徒。文章於後將有更深的討論。

註五、錫克教的人口資料來源是〈世界宗教地圖：其他宗教〉（ "The Global Religion Landscape, Other Religion." ），出自華盛頓的教堂研究中心（ Pew Research Center, Washington DC，位於 http://www.pewforum.org/2012/12/18/global-religious-landscape-other/ ）。

註六、關於拉達克里希南總統解釋印度國旗的符號意義，其原文出自於印度的新聞局（ http://pib.nic.in/newsite/mainpage.aspx ），詳細文章位於：http://pib.nic.in/feature/feyr2002/fapr2002/f030420021.html 。

註七、關於印度婚禮與婚禮顧問的資料來自於《財富雜誌》（ *FORTUNE* ）於2014年8月8日的文章：〈超大印度婚禮市場變得更大更肥〉（ Big fat Indian weddings get bigger and fatter：http://fortune.com/2014/08/08/indian-weddings/ ）。

註八、《印度人民發展報告》於2010年由Sonalde B. Desai等人撰寫而成，由牛津大學發行。（ http://ihds.umd.edu/IHDS_files/Human Development India.pdf ）

《 後記 》詩與遊

有些人喜歡以身體的移動，感受旅行、記錄旅行；有些人喜歡以食物的美味，享受旅行、記憶旅行；也有些人喜歡以閱讀別人的旅行，領受旅行、遊記旅行。

還有一種旅行也是記錄與記憶的遊記。我沒有機會可以背起行囊遠離家園，雖然也渴望帶著護照、背著背包，孤獨地行走在他鄉的路上；我也沒有太多機會可以遊走四方品嘗美食，雖然我也渴望從五星嘗到市場，細說餐廳與食材。

不過很幸運地，我可以透過閱讀，感受旅行。

我原本以為透過閱讀旅行的書籍就能看見他方，但這麼做卻好像沒有真正認識一地。許多旅行包裹在商業算計裡，不一定見得著那片土地的靈魂與精神。恰巧有個機會、有種機緣迫使我不得不閱讀詩集、不得不認識一些國家，那些我曾經夢想前往的遠方。

2011年，我很敬重的紀元文老師建議我加入一個新創雜誌的專欄寫作，當時我甫離開一個自以為不錯的工作，於是欣然接受。而《臺灣現代詩》的主編蔡秀菊老師則是位充滿理想與行動力的詩人，給我最大的自由讓我隨興寫作，於是開啟了我在《臺灣現代詩》裡將近兩年的「新英文詩詩評」，一路上接受紀老師的指導，慢慢琢磨出一系列異國文學的淺談。

詩是相當難掌握的材料；新英文文學也是很難掌握的主題。每次為了找到有趣的詩與詩人，必須查翻許多資料，好不容易確

認了想要認識的詩文卻又出現不少難題，這些異國詩人的詩，有些彷彿密語一般，難以理解。

真正的困難在於文化隔閡。因為文化的距離，每個簡單的詞彙都得反覆查證、再三思索，然後前後對照，才能漸漸明白。有時候還是懷疑自己是否真正瞭解這些文詞之意。

在理解這些異國詩文的過程裡，也認識其歷史與文化，當我慢慢拼湊起這些國家的樣貌之後，好像也真的行走在這些土地上，仰望那裡的天空，真心感受到當地人的心情。

有朝一日若是能親自觀看那些城堡和古蹟，一定不會僅望著建築外觀，想著如何留影，而會撫摸著屹立千年的城牆，想像著叱吒風雲的豐功偉業，感受人與人的難分難捨。這些詩不僅讓我認識以前只知其名的國家，也彷彿遇見了當地人們的靈魂與智慧。

如果沒有認識歷史，怎麼認識土地，又怎麼算是旅行過了？

許多人喜歡透過哲學理論認識文學作品。感謝曾經指導我的陳超明與劉建基老師，教導我由文化細部分析文學，而無須完全仰賴深奧理論，這本書就是實驗樣品。

最後，由一篇篇的詩評能成為一本書籍，就得感謝彭明輝老師。他認為學院裡的研究若沒有成為大眾的知識，累積在高塔裡的成就對社會便無實際助益。於是，本書嘗試融合詩文、文化與旅行，實驗文學討論最接近人心的親近度。

希望這樣的實驗真能讓詩與文與讀者更接近，實踐「文學成為導遊，閱讀就是旅行」。

本書引用詩作

- 哈帝的詩：

  〈夏日的屋頂〉、〈1988的避難旅程〉、〈入侵〉、〈父親的書籍〉、
  〈我的子女們〉均選自《我們的生活》。

- 索因卡的詩

  〈電話交談〉選自《非洲當代詩選》。

- 奈都的詩

  〈手環商人〉、〈海德拉巴市集〉選自《時間之鳥》

  〈印度織花女〉、〈美讚漢娜〉、〈給印度〉選自《金色起點》

參考書目

Hardi, Choman. 2004. *Life for Us*. Hexham: Bloodaxe.

McLeod, A. L. 2003."Introduction" *The Canon of Commonwealth Literature: Essay in Criticism*. Ed. A. L. McLeod. New Delhi, India: Sterling Publishers. 1-16.

Naidu, Sarojini. 1905. *The Golden Threshold*. London: William Heinemann. Internet Archive. 20 November 2015. <https://archive.org/stream/birdoftime030731mbp#page/n9/mode/2up>

Naidu, Sarojini. 1912. *The Bird of Times: Songs of Life, Death, and the Spring*. London: William Heinemann. Internet Archive. 20 November 2015. <https://archive.org/details/birdoftime030731mbp>

Soyinka, Wole. 1963. "Telephone Conversation." *Modern Poetry from Africa*. Eds. Garald Moore et al. Middlesex and Baltimore: Penguin. Internet Archive. 20 November2015. <https://archive.org/stream/modernpoetryfrommoor#page/n11/mode/2up>

馮品佳。2010。〈世界英文文學的在地化：臺灣的新英文文學與美國弱勢族裔文學研究〉，《東西印度之間：非裔加勒比海與南亞裔女性文學與文化研究》。臺北：允晨文化。

馮品佳。主編。1999。《重劃疆界：外國文學研究在臺灣》。新竹：國立交通大學外文系。

Learn 系列 026

詩想：看見邊緣世界的戰爭、種族與風土

作　　者｜希米露
主　　編｜邱憶伶
責任編輯｜麥可欣
責任企劃｜葉蘭芳
美術設計｜葉鈺貞工作室
內頁插畫｜陳其達
董 事 長
　　　　｜趙政岷
總 經 理
總 編 輯｜李采洪
出 版 者｜時報文化出版企業股份有限公司
　　　　　10803臺北市和平西路三段 240 號 3 樓
　　　　　發行專線｜（02）2306-6842
　　　　　讀者服務專線｜0800-231-705・（02）2304-7103
　　　　　讀者服務傳真｜（02）2304-6858
　　　　　郵撥｜19344724 時報出版公司
　　　　　信箱｜臺北郵政79~99信箱
時報悅讀網｜http://www.readingtimes.com.tw
電子郵件信箱｜newstudy@readingtimes.com.tw
時報出版愛讀者｜http://www.facebook.com/readingtimes.2
法律顧問｜理律法務事務所　陳長文律師、李念祖律師
印　　刷｜華展彩色印刷股份有限公司
初版一刷｜2015年12月4日
定　　價｜新臺幣 300元

國家圖書館出版品預行編目(CIP)資料

詩想：看見邊緣世界的戰爭、種族與風土 /
希米露著. -- 初版. -- 臺北市：時報文化, 2015.12
　　面；　　公分. -- (LEARN系列；26)
　　ISBN 978-957-13-6477-3(平裝)

1.詩評

812.18　　　　　　　　　　　　104025049